The Record by an Old Guy in the world of Virtual Reality Massively Multiplayer Online

とあるおっさんのVRMMO活動記 23

椎名ほわほわ
Shiina Howahowa

登場人物紹介
アース
本編の主人公。
マイペースなプレイぶりで
知る人ぞ知る存在に。
リアルでは38歳独身の
会社員、田《た》中《なか》大《だい》地《ち》。
ルエット
アースの指輪に
宿る妖精。
元フェアリークィーン
の分身ながら、
進化して自分の命と
魂を持った。
アクア
妖精国の象徴・
ピカーシャの一体。
お忍びでアースの旅に
同行する。

雨龍《うりゅう》
「龍の国」で崇められている
双龍が一人。
妖しいほどの美女にして
凄腕の武人。
クラネス
ドワーフの女鍛冶屋。
腕利きながら、
無茶な武器を好んで作る。
砂龍《さりゅう》
「龍の国」で崇められている
双龍が一人。
物静かな外見によらぬ
凄腕の武人。

1

今日も「ワンモア・フリーライフ・オンライン」の世界にログインしたアースこと自分は、龍《りゅう》の国《くに》の雨龍《うりゅう》さんと砂龍《さりゅう》さんの師匠ズのもと、有翼人《ゆうよくじん》との戦いに備えた修業を行う。

「では我々は出かける故、お前の修業には分体を残していく。そして、今日からは課す制限を二つに増やすぞ」

そんな無慈悲《むじひ》な砂龍さんの言葉が自分の耳に入る。

え？　二つ？　一つでもきついのに、二つ⁉

「ふ、二つですか」

自分の口から零《こぼ》れた言葉に、砂龍さんが静かに頷く。ああ、これは何を言っても変更ないな。

そんな風に思考に諦《あきら》めが入る中、砂龍さんが投げた矢が制限の内容を書いた的に当たる。

えーと、今日の制限は『弓』と『道具』の二つか。となると、魔剣と蹴りを主軸に戦う事になるな。

それと、今日からは様子を見ながら〈妖精招来〉を組み込むつもりなので、弓や道具が使えない中でどうやって多人数相手に対処できるかの実戦練習になるだろう。

「うむ、決まったな。では今日も励《はげ》め。残されている時間はそう多くはないが、集中すればその価値を数倍に高める事も不可能ではない」

そう言い残して立ち去ろうとする砂龍さんと雨龍さん。だが、自分はそれに待ったをかける。聞いておきたい事があるからだ。

「ちょっと待ってください。アクア……いつも自分の頭の上にいた鳥型の妖精について、何か知りませんか？　最近見ないのですが、何かあったのかと思いまして」

そう、この修業の日々が始まってから、アクアがいなくなっていたのだ。

あの子は自分の契約妖精ではないから、ある日突然去っていかれても一切文句は言えないのだが、でもアクアの性格からして黙っていなくなるかな？とも思うわけで。自分としてはあの子とはそれなりに仲良くやってこれたと思っているので、別れるときには少なくとも何かひと言残していくと思うんだよね。

「ああ、その事か。すまん、こちらの不手際だな……あの者は一度妖精国に帰り、ある場所で他のピカーシャ達と訓練を行っている。空にいる彼奴《きやつ》らの目が届かない場所でな」

詳しく聞くと、どうも有翼人の拠点に乗り込む各種族のメンバーが集まって修業をしているとの事。その場所は秘密らしいのだが、砂龍さんと雨龍さんはそこで各種族の代表に稽古《けいこ》をつけており、彼らは組手という名の限りなく殺し合いに近い戦いを繰り返しているそうだ。

「特にあの者は、お前と共に色んな場所を巡っていたから、様々な戦闘に関する経験が豊富なのだ。更に、お前の戦いも見てきているからか通常のピカーシャがやらぬ戦い方をする故に、他のピカーシャ達を鍛えるのに一役買っている。それをお前に教えていなかったのはこちらの落ち度だ、すまぬ」

ああ、うん。やってる事と、見なくなった理由が分かればそれでいいんですがね。まあ、できれば事前に教えてほしかったというのが本音《ほんね》ではある……

「事前に伝える事を忘れるぐらい、忙しいのですか？」

自分の問いかけに、再び砂龍さんが頷く。

「奴らの厄介さは、強さだけではないからな……それを全て教えるには時が足りぬ。だが、少しでも奴らの事を知り、対策を練る修業を重ねておけば、それだけ生き残れる可能性が高まる。今のうちにできる限りの事はせねばな。では時が惜しい故、我らは行く。お前も分体と共に鍛錬を重ねよ」

そう言い残して砂龍さんは出ていく。雨龍さんも「辛いじゃろうが、今は耐えるのじゃぞ。ここで踏ん張らねば、後悔する事になるからの」と言い残して去っていった。

さて、ならば今はひたすら修業あるのみか。アクアが今どこに行ったのかも分かったし、これで自分の修業に集中できる。

「それでは、本日もお願いします」

残された四体の分体は、自分の言葉にこくりと頷いた後で構えを取る。

今回も砂龍さんの分体は空中へ浮かび、雨龍さんの分体はじりじりと間合いを詰めながら突撃のタイミングを計り出した。それに対し、自分は盾のスネークソードの安全装置を解除して、使えるようにしておく。

お互いが睨《にら》み合った直後、雨龍さんの分体二人が一瞬で姿を消した。そして気がつけば左右に一人ずつ移動しており、こちらに向かって短剣を突き出してくる。

左右から迫り来るその斬撃を、フロントステップで潜り抜けるように回避し、即座に振り向いて盾に仕込んだスネークソードを伸ばす。これにより、横薙《よこな》ぎの斬撃が雨龍さんの分体ズに襲い掛かる。

が、分体は二人ともそのスネークソードを短剣で弾く。防御を終えた分体二名は再び姿を消し、今度は前後の挟み撃ちを仕掛けてくる。それに対し、こちらは右側に移動しながら前方の分体に魔剣【真同化《まどか》】を伸ばして反撃を仕掛けた。

だが、その狙いはわざと甘くした。

（そして、ここ！）

体を傾ける事で、後方から来ている分体による短剣攻撃を左側の視界にぎりぎり収められたので、その攻撃を左手に装備している盾で受ける。

受け止められた短剣の切っ先が盾の表面を滑っていくのを感じ取りながら、タイミングを見計らって払いのける。

それで体勢を崩した分体に——自分は右の膝《ひざ》を叩き込む。さすがの分体もこれは回避できず、深々と突き刺さった感触が足に伝わってくる。狙い通り。

（更に、こうだ）

動きが完全に止まった分体を左手で掴み、先程【真同化】を伸ばした方向によろめかせる。《投げ》スキルがないので豪快に投げる事はできないが、これぐらいは今までの旅で鍛えてきた筋力ならば可能だ。

そうしてよろめかせた分体の先には——【真同化】による攻撃を回避して反撃を仕掛けてきていたほうの分体が持つ、短剣の刃がある。

これは気配で察していた。むしろ、その動きを誘うために、わざとそっちの分体から一瞬視線を外したのだ。

仲間を盾にされた事に慌てた分体は、何とか短剣を寸前で止めるが、当然そんな急停止をすれば体が硬直するのは避けられない。

(でも、これはチャンスじゃない)

ここでは反撃を一切狙わずに、今度は左に横っ飛び。そして予想通り、つい今まで自分がいた場所に雷が落ちてくる。空中の砂龍さんの分体が、味方ごと焼く事になろうともこちらを倒そうとしたのだろう。

これは気配を読んだのではなく、今までの冒険で得た経験からの判断だ。あそこでチャンスとばかりに攻撃を続けていたら、今頃真《ま》っ黒《くろ》焦《こ》げだったわけだ。

(だが、反応はできる。昨日は泡《あわ》を食ったけど、今日は昨日の経験があるからどんな感じなのかが分かり、それを考えて立ち回る事で反撃も可能になってる)

やっぱり、一度体で味わうというのは良い経験になるという事か。

動きこそ速いが攻撃は並、という事が頭ではなく体で理解できた今なら、そう怯《おび》える事もなく対処できる。この程度の近接攻撃なら、ツヴァイやレイジといった『ブルーカラー』のメンバーにも遠く及ばない。

その後、雨龍さんの分体が一瞬で距離を詰めてまた斬りかかってくるが、その攻撃は余裕で見える。位置だけ素早く察すれば、この短剣による攻撃については恐れるようなものではなくなってきた。無論、それで油断などしないが。

（後は、上空から攻撃してくる相手への対処。でも今回は魔剣が使えるのだから、やりようはある）

昨日は一方的に撃たれるばかりだったが、今日はそうはさせん。反撃させてもらうぞ。

『男子三日会わざれば刮目《かつもく》して見よ』と言う。向こうからしてみれば、今の自分はそんな感じなのかもしれない。

現実世界《リアル》の時間でたった一日、厳密に言えば一時間くらいの訓練しかしていないのに、昨日の自分と今の自分の動きは全く違うものになっている事は、自分自身が一番よく分かっている。

自分がこんなに急成長をしたのはきっと、ディスプレイ越しに世界を見て痛みを感じないゲームと違って、この世界には痛みがある事が理由の一つだ。

防御や回避に失敗して攻撃を受ければ痛い。この単純な事が、どうすれば痛くなくなるのかを真剣に考えさせた。

相手の動きを真剣に見て、真剣に考えて、更に今までの冒険で積み重ねた経験も合わさって、有翼人の戦い方を模した分体の攻撃に対する適切な動き方を、はじき出せるようになったと思われる。

「！！」

言葉こそ発しないが、対峙している分体達が息を呑んだのが分かった。前と右から同時攻撃を仕掛けたのにもかかわらず、右から繰り出された攻撃に自分がすんなりと右手の盾で対処しただけではなく、瞬時に魔剣で反撃まで繰り出したからだろう。

肩辺りから【真同化】を出現させ、仕掛けた攻撃に対処された事によって動きが止まった右の分体に突きを見舞う。

当たったのは相手の左肩辺りか……攻撃を受けた分体は、左手に持っていた短剣を取り落とす。どうやら状態異常の［アームブレイク］が発動したか。

（今の攻撃で［アームブレイク］が出るって事は、魔剣の一撃がもろに刺されば相手のＨＰをごっそり持っていけるって見ていいな）

手に攻撃が当たっても、大したダメージじゃなければ［アームブレイク］は発動しない。あるいは［麻痺］や［石化］といった状態異常を食らったときにも発動するが、今はその条件にも当てはまらない。

短剣を取り落とした分体はすかさず自分と距離を取り、もう一人の雨龍さんの分体がそれをカバーするように自分の前に立ちふさがったが、【真同化】はそんな事くらいで妨害できる魔剣じゃない。

「もう一発！」

自分の肩から生えた【真同化】を、服の下をくぐらせて足元から地面の下へ。そして地面の下から、後ろに下がって体勢を整え直そうとしていた分体目がけて強襲。手ごたえは――あり！

どさりという音が聞こえ、【真同化】の一撃を食らった分体が地面に倒れた事を察した。少なくとも、すぐに復帰はしてこられないだろう。

（そしてすぐにバックステップ！）

伸ばした【真同化】を瞬時に戻しながら、後方へバックステップ。そしてまた空中にいる分体からの雷が襲い掛かってきたが、回避が間に合ったために軽い余波を受けた程度で済んだ。

この雷による攻撃も、かなりタイミングが読めてきた。射撃準備が完了するまで大体どれぐらいかかり、どういったタイミングで落としてくるか。昨日散々やられて、痛みを伴った経験で半ば無理やり覚えさせられた形だ。

目の前に落ちた雷がこちらの目をくらませたと見たんだろう、動けるほうの砂龍さんの分体が自分の左後ろから再び接近。

その速度はやはり速いのだが、もうその速度には慣れてしまってきているために――

「ほい」

「!?」

その進路上に蹴りを先置きしておく事もできるようになってきた。

ちなみに、この『置き』というのは、格闘ゲームなどで相手の行動を先読みし、移動先で当たるよう攻撃を打つ事。今回自分は蹴りでの攻撃を置いたが、格闘ゲームなら無敵時間が存在する技とか、連続技ではなくその技単発だとダメージが大きくなる超必殺技などが良いだろう。

閑話休題。

こちらの置いた蹴りを食らってショックを受けたのか、慌てて距離を取る分体。が、そうなれば当然プレッシャーは減るわけで……反撃する余裕が出てきた自分は、右の手の平に【真同化】を五本生み出して、分体達に向けて撃ち出してみた。ちなみに地上の分体には五本中一本だけ、残り四本は空中の分体達を狙った。

この攻撃を、地上の分体は短剣の切っ先で弾いたが、こっちへは足止め目的なのでそれでいい。そして、本命である雷を散々落としてくれた空中の分体のほうは——片方は服を少し傷つける程度しかできなかったが、もう片方は足に【真同化】をからませる事に成功。そこから更に刃で体を斬り裂きながら拘束した。

当然、拘束された分体は服がズタズタに斬り裂かれた事で全身が物凄い勢いで紅《くれない》色に染まっていくけど、散々今まで雷を落とされているので、申し訳ないなんて感情は全く出てこない。なんにせよ、これで厄介な空中砲台の片方は捕まえた。このまま、倒れるまで【真同化】の刃から逃がさない。

「！！！」

仲間を放せ、と言わんばかりに地上の分体が自分に接近してくるが……動きに最初のようなキレがない。そのため、突っ込んでくる先に置いておくだけで蹴り技が面白いように当たる。

そして数回蹴られて怯《ひる》み、退避が遅れたところを捕まえて、自分が立っていた場所と入れ替わるように立たせてあげる。

そこへズドンと雷が落ちてくる。よっし、上手くいった。

まともに動ける分体が残り二体だけになれば、こういうフレンドリーファイアを誘発させるように動く余裕も出てくる。

雷を食らった分体は髪がぼさぼさ、服はボロボロに。世界の都合なのか胸部付近はしっかりとしたままだが、手や足辺りは肌が露出している。そして、白目を剥いていた。ちょっとコワいが、ダメージはしっかり入ったようである。

そして白目のまま、ゆっくりと後ろに倒れる分体。その動きは、まるでギャグアニメを見ているかのようだった。

なんにせよ、これで地上は全滅、残すは空中砲台の二人だけだ。片方は真っ赤《まっか》っ赤《か》ですけどね？　なんでって、現在進行形で血まみれ——こほん。

なんにせよ、残った片方への【真同化】による拘束は継続中なので、相手は実質一人。もたもたしてると、【真同化】の維持に必要なＭＰが尽きてしまうから、できるだけ早く地面に叩き落としたいところだ。

分体さんの姿は砂龍さんだからな、思う存分やれる。むしろ手加減なんぞ考える余裕なんか欠片《かけら》もないな。

道具が使用できないのでMP回復ポーションを飲めないのが痛いが、【妖精の黒本】をここで使う。ちょっと試してみたい事がある。

召喚した風と火の妖精さんに、三つのお願いをする。一つ目は火と風の混合弾の作製。二つ目はそれの発射時に妖精さんのほうで狙いをつけてもらう事。三つ目は五秒ずつずらして三回射撃してほしい、である。捧げられたMPが少ないのに注文が多い、と少々ご不満な気配が伝わってきたが、今回はやってくれる事に。

本を懐《ふところ》にしまって、行動を開始。真正面から突っ込んで距離を詰め、【真同化】を伸ばして下から上に切り上げを仕掛ける。これを、最後の分体は体を半身にして回避。むう、捕まえてあるほうの分体より動きが良いような気がするぞ。

すかさず伸ばした【真同化】で数回攻撃を仕掛けたが全て回避され、反撃された。まあ、回避で体を動かされたために集中しきれなかったのか、雷にしては速度がなかったのでこちらも余裕で回避できたが。

そしてその射撃が終わったタイミングで――

（やってくれ）

妖精に頼んでおいた火と風の混合弾が、最後の分体目がけて飛んでいく。これも分体は回避するが、そいつはそのぎりぎり回避するやり方じゃダメだ。自分が左手をパチンと小さく鳴らすと、ボン、と炎が急激に膨《ふく》れ上がって爆発する。

その爆発の衝撃が分体の体を空中で揺さぶり、行動を封じる。その隙を逃さず【真同化】で攻撃を加えるが、体を捻《ひね》って回避された。

が、まだこっちの弾は尽きていない。五秒後に二発目、更にその五秒後に最後の三発目が襲い掛かった。

（これで、チェックメイト！）

三発目で完全に空中での制御を失った分体に、【真同化】を巻き付けて締め上げる。こうでもしないと止まらないような気がしたからな……

その後、空中から地上に引きずり降ろすと一切の抵抗をしなくなった。拘束を緩めると、両手を上げて完全に降参の意を示し、戦闘終了。拘束しておいたもう一方の分体も解放する。【真同化】の刃が血でびったびただったけど、見なかった事にして手の中に消した。

さて、勝つには勝ったが、おそらく勝っただけじゃダメなんだよな。おそらく師匠ズは余裕を持って勝てるようになれって言ってくるだろう。でも、今日はよく動けた。この経験を生かせれば、明日はもっと良くなるはずだ……

2

戦いが終わり、自分も分体達も共に腰を下ろして休息する事しばし。こちらに向かってくる足音が二つ。誰だろうと思ってそちらに顔を向けると、砂龍さんと雨龍さんがやってくる姿が見えた。

「アースよ、分体からお前が勝利したという報告が来たのでな。少し戻ってきた」

ああ、やっぱり分体から報告が飛んでいたのか。砂龍さんと雨龍さんはそれぞれ自分の分体を体に戻し、うんうん唸《うな》っている。分体の身に起きた事を疑似的に体感しているのだろう。人型をしているけど、このお二人は正真正銘の龍だからな。それぐらいできると言われても『ああ、さすが師匠』のひと言で納得できる。ゲヘナクロスとの戦争のときに見せてもらった雨龍さんの本来の姿と力は未だに忘れられない。

「なるほど……魔剣に頼り過ぎな一面はあるが、それでも我らが分体四人を相手に立ち回り、そして下したか。うむ、これならば『初級は』合格としても良さそうだ」

なんか、砂龍さんから聞きたくない言葉が出たぞ。四人相手というキツい条件下で戦ったのに

『初級』ですと⁉　もしかして、中級以降は更に相手が増えるのか……？　さすが師匠、容赦ない。

「本日はこれで終わりでよい。だがアース、明日からは新しい制限として、訓練中はその外套の装備を禁ずる。その外套が、分体からの攻撃を減退させるどころかかなりの頻度で反射している事を確認した。その外套の性能ありきで立ち回りを覚えると、いざというときに困る可能性がある」

——ああ、やっぱり見抜かれてる。魔王様から貰ったこの外套は、アイテム等級がなんとデミゴッズ。そんな狂った設定だけあって、異様な防御能力＆反撃能力を持ち、更にはＨＰとＭＰの回復力も高めるという、情報サイトに載せたらチート扱いされること間違いなしの一品。先程の戦いがＭＰポーションなしでも何とか回ったのは、この外套のおかげである。

「しかしこの外套をなしにされますと、アイテム使用禁止制限がついた場合はＭＰが持たないのですが……」

やや小声でそう反論するが、砂龍さんは静かに首を横に振る。

「厳しい条件であるという事は分かる。だが、その意見は却下せざるを得ない。この修業はただ勝つのが目的ではない事を忘れるな、今のお前に必要なのは経験なのだ」

むうう、初日はこの外套があったのにもかかわらずボロボロにされたというのに。しかし、こう言い出したら師匠が意見を変える事などあり得ない。色んな意味で諦めて、明日からの修業に備えよう。

「そうだ、少し聞きたい事があります。師匠のお二人は他の場所でも稽古をつけているという事でしたが、それはやはりこのような条件下で行われているのでしょうか？」

この自分の質問に対して帰ってきた答えは――

「いやいや、他では六人のPT《パーティ》などを組んでやっているぞ。一人で分体四人を相手にしているのはアースだけじゃ」

そんな雨龍さんのお返事。

ちょっと待った、ならなんで自分だけこんなハードモードなんですか⁉　そんな批判を込めた視線を目の前の師匠ズに向けるが、お二人はどこ吹く風。逆に――

「お前は我らの弟子だぞ？　このぐらいはできてもらわねば困る」

そんな感じで砂龍さんが一刀両断。そっかー、できて当然という扱いなんですか……容赦ないなぁ。

「お前は今まで長い間、単独で戦ってきた経験がある。そして身に纏う装備も、他者が手にする事はまず叶《かな》わない物が数多く揃っている。なれば、お前を複数の有翼人相手に単騎でも戦えるように仕上げるのは当然だろう。単独行動でないとできない事も多くある。お前には奴らの所に乗り込んだ後で色々と動いてもらわなければならぬからな……」

うーん、そう言われると仕方ないか。【真同化】や裏魔王の外套、そして指輪の中にはルエットという隠し玉。極めつけに〈黄龍変身《こうりゅうへんしん》〉と〈偶像の魔王〉というトンデモ変身能力もある。ここまで持っているとなれば、単独で破壊工作なり潜入作戦なりをやらせたくもなるか。義賊という自分の裏の顔もバレている可能性も考慮しておかないと。

「他の場所で修業をしている者達は大勢いるが、お前のように動ける者はそう多くはないのが実情だ。やはり、高速で動き、空から一切降りてこずに高威力の攻撃をしてくるという二段構えの戦法に苦戦して、適応が難航している。彼らも実力はあるのだがな……むしろ、お前はなぜここまで早く対応できたのだ？」

そっか、他の場所で修業している人達はあまり上手くいっていないのか。自分が上手く対処できたのはきっと、たくさんのゲームやらアニメの戦闘シーンやらを見てきた中で得たイメージに加えて、今まで色んな国で色々な経験を積んできたからだろう。今まで、無茶系の冒険や戦闘を相当重ねてきたからなー……あはははは。そんな経験について、師匠ズに話してみた。

「なるほどのう。空を舞うのも水中で戦うのも多々やってきたとなれば、高低差がある戦いも多く経験してきておるのじゃな。それに加えて、単独で立ち回る事によって磨かれてきた視界の広さもあるのじゃろう。速度に惑わされず、敵を盾にして攻撃を防ぐといった芸当は、その視界の広さと経験から来る読みがなければできぬ事じゃしの……砂龍よ、この戦いの記憶は他の者の刺激になるかもしれん。分体を用いて見せてやるというのはどうじゃ？」

参考にならんと思いますよ？　右腕であればどこからでも出せるという【真同化】の能力ありきの立ち回りで、普通のスネークソードじゃ絶対に再現は無理だからなぁ。そもそも、リーチの長さも一般的なスネークソードとは比べ物にならない。距離さえ詰められれば、アーツを用いて、拘束しながらダメージを与えたりする事は真似できると思うけど。

「それでも、停滞している修業の刺激にはなる。スネークソードの使い手は、他の場所で修業している者の中にもいるからな……新しい立ち位置を得る事にでも繋がれば、新たなやる気も出てこよう」

スネークソードの使い手になら、まったく参考にならないわけでもないの、か？

少なくとも、他にPTメンバーがいるのなら、さっきの自分ほどの動きはしなくてもいいはずだ。他のメンバーに隙を作ってもらうなり誘い出してもらうなりした後に飛び出して、空中にいる砲台役を締め上げれば……いけるかもしれない。

「アースよ、先程の戦いを公開してもよいか？　無論我々の稽古を受けている信を置ける者にしか見せぬし、細工して外見でお前だと分からぬようにする。お前にとっては手の内を見られる事になる故に無理《むりじ》強いはできぬが、一考してもらえないだろうか？」

この師匠ズの言葉に、自分はつい「ぬう……」と普段は出さないような声を漏らしながら腕組みをして考えた。確かに刺激にはなるだろうが……

もちろん、師匠ズが人の見極めを間違うとは思えないが、万が一という事もある。それに、今は正しくても後々道を外れる人物もいるかもしれないわけで……裏の仕事の障害として立ち塞がられたら厄介だ。

「今すぐに答えを出してくれ、とは言わん。だが、今まで決まった戦法を多用してきた者達にとっては、間違いなく刺激になる。事情を明かすと、その決まった戦法が足かせとなり、敵の動きに翻《ほん》弄《ろう》されてほぼ何もできない者達が多いのだ……」

珍しく、砂龍さんの表情が苦虫を噛み潰したようなものに変わる。うーん、ここは砂龍さんの話をもっと聞いてから決断するか。共に戦う面子《メンツ》があっさり敵の攻撃で沈むようじゃ、さすがに困るからな……

「とりあえず、もう少し詳しい話を聞きたいのですが。その内容によっては、明日からの予定を曲げる必要性が出てきますし」

まだとにかく情報が足りない。どういう風に翻弄されているのかぐらいは分からないと、こちらからの意見は出そうにも出せないぞ。

「ならば、分体に戦いを再現させて、どのような感じになっているのかを見せよう。鎧を着た分体が鍛えられている側、普段着のほうが有翼人を模した側だ」

砂龍さんがそう言うと、西洋のフルプレートのような鎧を着た六体の分体と、普段着姿の四体の分体が瞬《またた》く間に発生する。

ふむ、これいいなぁ。一見は百聞に如《し》かず、の言葉通りだ。

さて、ここからどう動くのか……と、早速、大盾を構えたタンカー役の分体が前に出たか。まあこの動きは基本だな。

「アース、準備はよいかの？　動かすぞ？」

雨龍さんの確認に自分は頷き、どういった戦闘が繰り広げられたのかが目の前で再現されていった。そして、先程砂龍さんの口から『決まった戦法』という言葉が出てきたわけが、よーく理解できた。

タンカーが守り、アタッカーがダメージを稼ぎ、ヒーラーが傷を癒《いや》す、というバランスは良いのだが……まず、有翼人役には挑発関連のアーツが一切効いていない。まあ、モンスターじゃないんだから無理もないとは思うが……それと、空中の分体が放つ雷は上空から落ちるタイプなので、前衛後衛など関係なくヒーラーが直接狙われて焼かれていた。

問題はそれだけではない。タンカー役が、激しい出入りを繰り返す敵の動きに全くついていけていない。そのため盾をすり抜けて何度も攻撃を受けてダメージを蓄積させられ、判断力を削られたところに短剣の強烈な一撃を貰って膝をつく。近接武器を持つ軽装備アタッカー達はまだ善戦していたが、地上の分体に気をとられ過ぎて、上空からの雷攻撃を何度も貰ってダウンしていた。

そんな風に前衛が大して持たずにバタバタとやられるため、アタッカーの魔法使いは詠唱時間の短い小さめの魔法ばかりを使わされていた。ただ、周囲は良く見えているようで、チームの中では一番健闘していた。この魔法使いがいなければ、もっと早くに全滅していただろう。

「魔法使いの人の動きは非常に良いですね、ですがそれ以外が……」

正直、もうちょっと前衛の人達がしっかりしてほしいとは思った。酷《こく》かもしれないが、ただ一人魔法使いだけが八面六臂《はちめんろっぴ》の大活躍なのだ。牽制《けんせい》し、敵の追撃を阻止して前衛を持たせ、ときには回復を支援し、それでいて攻撃もおろそかにしない。よくMPが持つなと思う。

それだけに、惜しい。詠唱時間が長い火力の高い魔法を撃つチャンスがあれば勝てている、というイメージが見えるだけに。

「うむ、あの魔法使いはトップクラスだな。魔法の腕が良いだけではなく、周囲の状況が良く見えている。雷も高確率で回避しておるし、短剣に狙われても棒術や体術で回避してみせる。その分、他の者の不甲斐《ふがい》なさがより目立ってしまうのじゃが。ついでに言っておくと、これが一番長く持った戦いじゃ。他はこの数分の一の時間で全滅判定を出さざるを得なかったでのう」

雨龍さんが補足してくれる。そっか、これが最高なのか……動きから察するに、今の有翼人役の分体は自分の相手と同じ初級レベルだったが、さすがにこの戦いようじゃ厳しいな。師匠ズが自分の動きを参考に見せたいと言い出したのも無理はない。

有翼人との戦いでは、どっしりと構えて待ち構える……他のゲームでは『ガン盾』とか『待ち』とかって表現されるような、とにかくじっと構えて待つというやり方じゃダメなんだよな。動かなければ、空中から落とされる雷のいい的だ。さすがの大盾も、上まではカバーしてくれない。もし上に持ち上げれば今度は体がお留守になる。

「確かにモンスター相手ならあの戦い方で良いんですけどねー……相手は速度に優れ、空中からの攻撃を得意とする有翼人です。あんながっちり固まっていては狙い撃ちされるだけ……タンカーといえどもある程度のフットワークを持たないと厳しい。それが装備の重量的に厳しいのなら、せめて軽装のアタッカー役が何とかしないと……」

自分の言葉に、師匠ズも頷く。

「動きから察するに、あの魔法使いさんがいくつも指示を飛ばしていたようですが、他の面子がそれについていけていなかった……か。今まで成果を挙げていたやり方を崩すのは、心理的にも辛いのは分かるが……あの動きじゃ有翼人にはついていけない。というか、前衛が後衛に体術で負けてどうすんのよって話もあるな」

最終的には、魔法使いさんが粘って分体を一体落とす事に成功したものの、抵抗はそこまでで終了した。魔法使いさんの体術はあくまで魔法の詠唱を邪魔されないようにしたり、致命的な一撃を回避したりするためだったようで、殴ったり蹴ったり投げたりまではさすがにできなかった。

「重鎧を着た者が鈍重になるのは仕方がないにしても、軽装の者が動けていないのがよろしくないという点は、我らも同じ意見だ。それに、相手の速度に惑わされ、普段なら余裕を持って回避なり反撃なりができる短剣の速度にすら泡《あわ》を吹く始末。力も技もお前よりはるかに優れているはずの者達なのだが……この戦いぶりを見て、彼らを鍛えてきた魔王殿も少々どころではなく苛立《いらだ》っているようでな」

って事は、これ魔族の皆さんか。おっかしいなぁ、魔族の皆さんはかなりの猛者《もさ》揃いのはずなんだが……初めて見る戦法だからか全然対処できていない。このままでは、有翼人との戦いで、何もできずに負けるぞ。

そんな質問を師匠ズに投げてみたが――

「我らもそう思っておった。今のままではどうあがいても勝ち目がない。無論、先程活躍していた魔法使いのような者もぽつりぽつりと出てきてはおるが、全体から見れば圧倒的に少数じゃな」

うーん、魔族の皆さんに限った話じゃなく、この世界の種族って基本的に長生きなんだっけ？　もしかすると、今までの訓練で染みついた動きが、新しいものを受け入れる事を無意識に拒んでいるのかもしれない。人間だって、歳をとった人に新しい事を始めろと言っても、それはなかなかに難しい。

ああ、うちの親戚にも、パソコンどころかスマホとかタブレットの操作にも四苦八苦して、なかなか覚えられない人がいたなぁ。そして自分だって、あと三十年ぐらい経って様々な技術が進歩し、そうして生まれた新しいものを使えと言われたらどうだろう？　すんなりと身に付けられるかどうか……自信がないな。

「――が、今は、覚えられない、できないは禁句か。できなきゃ、これから待つ戦いではただ死ぬだけ……」

自分の呟きに、師匠ズが頷く。師匠ズも、何も憎くてこんな事をやっているわけではないのだ。できなければあっさり死ぬだけ……いや、人質として利用された挙句、玩具《おもちゃ》にされて酷《ひど》い結末を迎える可能性が高い。あいつらの事だ、腹立たしい笑い声を上げながらそれぐらい仕掛けてくるだろう。

ただでさえこちらは兵力が少ないし、相手の武器がどんなものかって情報が少ない中、乗り込まなきゃいけないんだ。そこに人質への拷問や船頭でこちらの情報まで知られてしまったら……いよいよ勝ち目がなくなる。

そうなったらどうやって勝てというのだ。

「そうだ、そんな結末を迎える未来しか見えぬ状態だ。そしてその後に待ち受けるは長きにわたる悪夢。いつ終わるか分からぬ悪夢。そんな結末を迎えないためにも、改善せねばならんのだ……」

有翼人共はろくでなしだからな。もちろん、中には良い奴もいる可能性はある。が、現時点ではそんな奴の心当たりはゼロだ。こちらに味方してくれる存在がいるとは考えにくい以上、こちらの面子だけでどうにかしなければいけない。

そう、どうにかしなければいけない以上……選択も自然と定まる。

「師匠、明日からの訓練をちょっと変更してほしい。明日は何の制限も付けずにお願いしたい。その代わり、師匠達が面倒を見ている人達の前で初級レベルの分体四人と戦う。魔剣の能力は極力抑えて、普通のスネークソードと大差ない使い方しかしない。外套も、この特注品じゃなくて市販されている物を使う。どうでしょう？」

今日の訓練内容を他の人に見せても、魔剣ありきとしか見られないだろう。だから、魔剣の能力などは一切なしで動いて見せる。それに、そうしたほうが【真同化】をはじめとしたこっちの手の内を知られずに済む。師匠ズの要求と自分の利益をすり合わせれば、これが多分ベターだと思うのだが。

「――分かった、感謝する。外套はこちらで用意しよう。当日の移動も任せておけ。その代わり、それなりの動きを彼らの前で見せてもらおう。我らの弟子として、そこだけは譲れぬぞ」

こんな形で人前に出て、戦う姿を見せる日が来るとはなぁ……が、今回は仕方がない。やるべき事をやるだけだ。

そして、今日はまだ終わりではない、そろそろ料理の修業の時間だ。

師匠ズに頭を下げ、この龍の国の王の奥方様が待つ台所へと向かう。今日はどんな料理を作ることになるのだろうか？

「本日はとにかく魚を焼いていただきます。単純な作業ではありますが、数は多いです。油断して焦がしたりしないようにしてくださいね」

そう言って、大量の鮭《さけ》の切り身を指さす奥方様。今日は質より量……ではなく、量も質も求められる日らしい。

こういうときは、だ。必要最小限の事だけを考えて心を無にする――のはできないので、頭を空っぽにして目の前の料理のみに注意を払う。無駄を省き、工程を最低数にまで削り、そうして生まれた余裕で良い焼き加減を保つ。

『今どれぐらい焼いたっけ？』とか『あとどれぐらい残っているんだっけ？』の二つは、特に考えてはいけない。作業に終わりがないという事はあり得ないので、ただひたすら黙々と目の前にある鮭の切り身を焼く焼く焼く！

だが、その一枚一枚がきちんと中まで火が通るように、美味《おい》しくなるように注意を払う。自分にとっては山ほどある切り身だが、食べる側からすればその食事で口にする大事なおかずの一品。美味しくない飯を食さなきゃいけない時間なんて、拷問に等しいだろう？

（切り身を網に置く、具合を見極める、炭の量を調整する、焼き上がれば次の切り身を置く）

馬鹿でかい七輪に似た調理器具で、大量の鮭の切り身を相手にひたすら調理調理。その鮭の切り身がついになくなり、本日の料理訓練は終了である。

ふと時計を見ると、焼き始めてからすでに一時間弱が経過していた。ああ、そんな長時間やっていたのなら、料理スキルもレベルアップした事だろう。

「お疲れ様でした、今日の訓練の目的は、長時間の調理をこなす忍耐力と、長時間であっても調理の腕を鈍らせない技術の育成を重視していましたが……すでにあなたには備わっていた要素のようでしたね。ですが、忍耐力を常に鍛える事は無駄にはならないでしょう」

まあ、ね。無駄にはならないよ。スキルレベル的にもプレイヤースキル的にも。生産で短気を起こせば何もかも上手くいかない。基本的に物を作るってのは忍耐力がいるよね……成果が遅々として上がらなくても、その先には良い結果があると信じてやらなきゃいけないときはざらにある。

——生産だけじゃなくて戦闘においても短気はダメか、短気を起こして突っ込めば、たいていは返り討ちにされるものだからね。状況を考慮した上で作戦上あえて突っ込むのであれば、話は変わってくるけど。

「ええ、様々な街で何度か露店を開いたりしていますので、長時間調理をし続ける行為自体にはある程度慣れはあります。まあ、何度やっても疲れますが……訓練ならば、疲れを覚えるくらいの作

ノルマ

業をこなさなければ意味がないでしょうし」

疲れない訓練ってあるのかな？　ないよね？　疲れないって事は、頭も体も使ってないって事になる、はず。例外はあるかも知れないけど、ちょっと自分には思いつかない。

勉強は頭を使うし、運動は体を使う。そのどちらも使わない訓練なんて、あてはまるものがあるのか？　座禅なんかの精神修養は、体と頭に加えて心も鍛えるから尚更キツい。

「そうですね、楽な修練など修練ではありません。痛みや疲労などで体を鍛え、勉学や実戦で頭を鍛えなければなりません。そして得た力をおかしな方向に使わないようにする心を、日々の訓練で培《つちか》わなければなりません。どれか一つでも欠ければ、その人物は大成しないでしょう」

「ごもっともなお話です」

だから、自分も奥方の話に頷いた。この力と心の話は色んな作品で題材に取り上げられるけど、どちらかが欠けているといつも碌《ろく》な事にはならんかったな。

力がない場合ってのは分かりやすい、悪党に勝てずに鬱《うつ》展開など悲惨な展開になる。では心がない場合はどうか？　主人公が悪党になる、で収まればマシなほう。最悪バケモノ……外見がモンスターであるって話ではなく、暴れ回るだけの正真正銘のバケモノになって世界の全てに幕を引く、なんて話もあったな。自分は、そんなバケモノになる気はないぞ。

「私も、人に言うごとに自分にも言い聞かせています。特に龍族は力ある種族……その力を心なき愚かな考えの下に使えば、災いの元となる。その事を決して忘れてはならないと」

――そんな龍族、いや龍が出てきたとしたら、どれほどの被害が出るのだろう？　以前妖精国で起きた戦争時に見た雨龍さんの力は絶大だった。龍の力とは、あれと同じレベルのはずだ。どう少なく見積もっても、人族の領域が灰と砂に埋もれるまで一日も必要としないだろう。

「龍の力は、そのほんの一部ではありますが、過去の戦場にて見せていただいた事があります。あの力が破壊のみに使われるときが来るなどとは考えたくないものです」

この言葉は偽りなき本心だ。そんな日が来ないでほしい。龍族には知り合いもいるし、刃を向けたくはない。

「そんな日が来ないよう、私としましても律すべきところは厳しく律していく心構えでおります。血で血を洗う世界など、迎えたくはありませんから」

まったくだ……そんな未来などお断りだ。「ワンモア」でも、リアルでも、ね。

【スキル一覧】
〈風迅狩弓《ふうじんかりゆみ》〉Lv50（The Limit!）〈砕蹴《さいしゅう》（エルフ流・限定師範代候補）〉Lv46
〈ドワーフ流鍛冶屋・史伝《しでん》〉Lv99（The Limit!）〈精密な指〉Lv49〈小盾〉Lv43

STATUS

〈蛇剣武術身体能力強化〉Lv26　〈円花の真なる担い手〉Lv7　〈医食同源料理人〉Lv25
〈隠蔽《いんぺい》・改〉Lv7　〈妖精招来〉Lv22（強制習得・昇格・控えスキルへの移動不可能）
追加能力スキル
〈黄龍変身〉Lv14　〈偶像の魔王〉Lv6
控えスキル
〈木工の経験者〉Lv14　〈釣り〉（LOST!）　〈人魚泳法〉Lv10　〈百里眼〉Lv40
〈義賊頭〉Lv68　〈薬剤の経験者〉Lv41
ExP42
称号：妖精女王の意見者　一人で強者を討伐した者　ドラゴンと龍に関わった者
　妖精に祝福を受けた者　ドラゴンを調理した者　雲獣セラピスト　災いを砕きに行く者
　託された者　龍の盟友　ドラゴンスレイヤー（胃袋限定）　義賊　人魚を釣った人
　妖精国の隠れアイドル　悲しみの激情を知る者　メイドのご主人様（仮）　呪具の恋人
　魔王の代理人　人族半分辞めました　闇の盟友　魔王領の知られざる救世主　無謀者
　魔王の真実を知る魔王外の存在　天を穿《うが》つ者　魔王領名誉貴族
プレイヤーからの二つ名：妖精王候補（妬）　戦場の料理人
強化を行ったアーツ：《ソニックハウンドアローLv5》

3

翌日。用意してもらった何の力もないただの外套を身に纏ってから、師匠ズの力で、ある場所へ向かう。

着いた先がどこなのか、自分には分からない……有翼人の目と耳がどこにあるか分からない以上、不用意に情報を口にはできないという師匠ズの言葉に従い、一切聞かない事にしている。

「ここだ。ここで訓練の面倒を見ている」

ずっと前、フェアリークィーンと話をするときに結界を張られた事があったが、それに似たような感覚を味わった後に、戦闘用の大きな舞台がいくつもある、とても広い空間が目に映った。洞窟の内部のような感じだが、魔法の照明が複数配置されているおかげで、昼間と大差ない明るさである。

その舞台の上では、魔族の皆さんと獣人族の皆さんが戦っている姿が見えた。おそらく組手の最中なのだろう。武器や魔法も使っているが、一定ダメージを受けたら舞台の外に追い出される仕組みらしく、そのために全力でやり合えるようだ。

「教官のお二人がいらっしゃった！　総員訓練をいったん中止せよ！　整列だ！」

師匠ズの姿に気がついた魔族の一人がそんな大きな声を出してから一分後。激しく戦っていた全員が、師匠ズの前にきちんと整列していた。まるで映画で見る軍隊のようだが……それだけ師匠ズの二人に敬意を払っているんだろう。

自分は少し離れた場所に立っている。自分が師匠ズと話していた姿を見られていたようで、特にとがめる人はいない。

「うむ。今日も、我らの分体を相手に有翼人共の動きを学んでもらう。また、あそこにいるのは別の場所で鍛えていた者だ。今日はお互いの動きを見せ合ってもらう。お前達は普段通りに訓練を積めばよい。では、各事準備を整えろ。用意が終わったら順次分体を出す」

砂龍さんの言葉が終わるとほぼ同時に全員が移動を開始し、二分後には全ての舞台の準備が終わっていた。

その舞台の上に次々と分体を出していく師匠ズ。すぐさまあちこちで戦いが始まる。一つのチームが六人なのは、プレイヤーのＰＴメンバーの上限数と同じだな。

「まずは見る事から始めるぞ。いくつもの舞台の上で行われている戦いをよく見ておくのじゃ」

自分は雨龍さんの言葉に頷き、まずは見学。四人の分体相手にどう立ち回るのかを見せてもらう。

そうする事数分、分体四人に勝ったチームは現れない。彼らの動きは悪くないと思うのだが……

全体的に見て、地上で高速に動いて翻弄する雨龍さんの分体にどうしても気をとられ、空中にいる砂龍さんの分体による重い雷撃の餌食《えじき》になっているパターンが一番多い。

敏捷性に優れる獣人さん達には、その身軽さを生かして雨龍さんの分体が繰り出す攻撃をうまく回避する人もそれなりにいたが……やはり上空という目を向けにくい場所からの攻撃への対処を失敗し、そこから生まれた焦りで倒されている。

（むう、これは……おそらく、地上で高速移動している雨龍さんの分体だけだったなら、四体を相手にしても勝てるチームはいくつもある。ただ、そこに砂龍さんの分体による上空からの落雷攻撃が加わる事によって、リズムが狂わされているんだろうか？　落雷の直撃を誰かが食らって［スタン］とか［麻痺］の状態異常に陥ったところに攻撃を畳み掛けられて崩壊、というパターンが一番多いな。なんというか、基本はしっかり押さえているんだけど、その基本を守り過ぎてるが故に攻められないのか？）

こんな事は、向こうだって言われなくても理解しているはずだ。だが実際、そうなったときに素早く対処できていないチームが多い。

状態異常になった仲間にすぐさま治癒系のポーションを投げてサポートする人もいるが、残念な事に全体から見ると少数だ。

やはり、高速で懐に入り込み、短剣を振るってくる相手がいる事のプレッシャーが重いと見える。

自分もその恐ろしさは十分味わっているから、気持ちは分かる。

良い動きをする人はぽつぽつと見られたが……全ての舞台での戦いが一段落したところで、分体四人を倒せたチームはゼロという結果になった。

分体を一体、二体落とせたチームはあったのだが、そこ止まり。倒されたのは地上の分体が大半で、空中の分体のほうを落とせたチームは二チームしかなかった。

空中の二体のうちの一体を落とせたチームは、堅実なのはいいのだが……守りを固め過ぎて攻め時を逃しているように見えた。

「うむ、以前に比べると動きが良くなってはいる。しかし、だ。このままでは奴らに百回挑めば間違いなく百回負ける。それは、我が口にするまでもなくお前達は理解しているだろう。しかし、それをどう打破すればいいか、試行錯誤が行き詰まっているようにも見受けられる。故に、今日はこいつを連れてきた」

自分の肩に手を置きながら、砂龍さんがそんな事を言う。

「こやつは我らが長く訓練を見てやっている弟子だ。こやつの戦い方は、お前達とは大きく異なる。しかし、その動きがお前達に何かのきっかけを与える可能性がある。今から戦わせるから、よく見ておけ」

砂龍さんの言葉に自分は頷き、一番近くの舞台に上がる。

「教官、あとの五名はどうしましょうか？　こちらから優秀な者を選抜するのでしょうか？」

魔族の人からそんな声が上がったが、砂龍さんはそれに対して首を横に振る。

「いや、一人で戦わせる。あやつはかなり特殊なところがあるからな、一人でいい」

砂龍さんの言葉に、ざわめきが起きる。無理もないけど――自分達が六人で戦っても一回も勝てない相手に一人で戦わせるというのだから、色んな感情が生まれるだろう。逆の立場なら、自分だって同じような反応をしたはずだ。

しかし、師匠ズはそんなざわめきを無視して分体を発生させる。今回もきっちり地上と空中の二体ずつである。

「では、始めよ」

砂龍さんの短い開始の合図とほぼ同時に、地上を高速移動する雨龍さんの分体二人が左右から自分を挟み撃ちにしてくる。相変わらずの移動スピードだが、その両手に一本ずつ手にした短剣による攻撃速度は並、だ。

十分回避できるタイミングなのだが、ここはあえて両手に装備した小盾で防御……ではなく受け流しによる体勢崩しを仕掛ける。

二人の分体を視界に収めやすいようにほんの少しだけ後退し、自分の体を貫こうとしてくる二本の短剣の動きに集中。そして振るわれた短剣を持つ腕を、跳ね上げるように同時に弾く。

右側への崩しは完全に成功し、大きく腕を跳ね上げる事ができたが、左側はイマイチ上手く崩しが決まらず、体勢をあまり崩せていない。

そこで、崩れた右側の分体の袖辺りをひっつかみ、左側の分体に向けてよろめかせる。よろめいた右側の分体が左側の分体にやや覆《おお》いかぶさるような形となったところで、自分はバックステップしつつその場に【強化オイル】を二本ほど残していく。

命中……したのはよろめかせた右側だけか。左側はそのスピードを生かして退避したようだ。あのタイミングですら【強化オイル】の爆炎を回避するとか、ぶっとんだ速度だな。間違いなくスピード違反だろ。

【強化オイル】の炎に焼かれた方の分体も、それ一発ではダウンせず、こちらに戦意溢れる視線をぶつけてくる。が、さすがに警戒したのか後ろに退避した後、こちらに寄ってこない。

なので、自分は弓を取り出し、牽制のために空中の分体に向かって数発の矢を軽く射る。牽制とは言っても、当てる気は満々だからそのつもりで射る必要がある。全弾回避されたが、少々ぐらつきはしたので牽制にはなったか。

それに、地上側が誘いに乗ったようだ。今は自分達に対する警戒心が落ちていると見たんだろう。先程【強化オイル】の炎を食らわなかったほうの分体が、再び自分に向かって急速接近。

だが、その動きは予想できていた。予想できていたというか、『そうさせるため』に空中への牽制射撃をやったんだから。いわば誘い、だ。軽く射ったので、体の硬直は短い。

だから、突っ込んでくる分体に対してカウンターの蹴りを置いておく事はたやすかった。足に装備している【マリン・レッグセイヴァー】の底についたトゲに、自分から突っ込んできた分体はなかなかのダメージを受けたようで、よろよろと後ろに下がっていく。

その隙だらけな姿に、自分は右手に具現化させた【真同化】を振るう。MPを温存したいから、アーツは使わない。そして狙いは首。首を刎《は》ねれば基本的には問答無用で即死させられる。

そして【真同化】は狙い通り、分体の首を刎ね飛ばして消滅させた。まずは一体。

「馬鹿な!? あの速度で襲い来る相手と一人で戦うだけではなく、倒すだと!?」

外野が何か言っている気がするが、今は目の前の相手に集中。判断が遅れたらこっちが一瞬で倒される相手なんだから、外野の声など聞いている場合ではない。

とはいえ、地上の分体を大した消耗もなく一体消せたのは大きい。なので、【妖精の黒本】を取り出して、火と風の妖精さんに以前もやった混合弾を頼む。ただし今回はMPを四割捧げて数を増やす。今回は捧げたMPに不満なく、了承を得られた。もちろん用事を済ませた黒本はすぐにしまう。

っと、バックステップ。

「!?」

雷を落としてきた空中の分体の表情が苦いものに変わる。こちらにバレないように撃ったつもりだったんだろうが、そのやり方はもう勉強させてもらっている。それに、何が何でも当てたいという意識を高め過ぎたんだろうな。気配がバレバレだ、それでは意味がないぞ。

そのお返しにと、火と風の混合弾を空中にいる分体達に次々と放つ。回避しようとする二人だが、混合弾が分体の近くまで行ったら指を鳴らし、近接信管のように爆発させる事で揺さぶってやる。この間に、地上に残っているもう一人の分体が襲い掛かってくるかと思っていたのだが、動きがない。同僚が首を刎ねられて萎縮《いしゅく》したか？　それならそれで好都合だが。

散々爆炎で揺さぶられた空中の分体二人は、明らかに動きが鈍くなっていた。あの状態なら、攻撃どころではないだろう。再び弓に矢を番《つが》える。今度は牽制ではなく、射落とすつもりの射撃だ。

全弾命中とはいかなかったが、それでも肩や足、腹部に命中した事で、より一層動きが鈍る。

ここで地上の分体がようやく動くが、タイミングが遅すぎる。置き蹴りを食らわせて倒れたところに、心臓辺りをひと突きする事で仕留めた。

空中の分体達はよろよろと地面に降り立ち、二人とも大きく両手を上げて降参の意を示したので、ここで戦いは終了。大きく息を吐いてから師匠ズのほうを向く。

砂龍さんは頷き、雨龍さんからは「ようやった！」のお言葉を頂く。何とかリクエストには応えられたようだ。

戦いが終わり、舞台から降りると、一瞬で取り囲まれて質問攻めを受けた。多くの質問が飛んできたが、それらを纏めれば、どうやればあんな風に動き、勝てるのかという事になる。

しかし、一つひとつ答えていたらいくら時間があっても足りるはずがない。そこで師匠ズに助けを求めるように視線を飛ばすと、雨龍さんがぽんぽんと手を叩いてこの場を鎮める。

「落ち着くがよい、聞きたい事が多々あるのは分かるが、そのように矢継《やつ》ぎ早《ばや》に問われては答えるに答えられぬぞ？　今の質問のうち、いくつかにはこちらから答えておこうかの。まず、有翼人共は攻撃力、機動力は確かに高い。しかし、それと引き換えに耐久力はお主達に比べてはるかに劣《おと》る。我が弟子があのようにあっさりと倒せたのもそのためよ、使った武器が飛び抜けて優れていたわけではない」

いや、優れていますけどね？　特に【真同化】は。

でも、雨龍さんの言葉に嘘はない。いくら【真同化】でも、装甲の厚い相手ならこうも簡単に首は飛ばせないし、心臓をひと突きもできない。

あっさり貫けちゃったので、実は先程の戦いで驚いていた。

【蒼虎《そうこ》の弓】のほうも、本気モードの解放はしていない。なので、単純な攻撃力は現時点で一般的に生産されている武具と極端な差はなかったりする。特殊能力も発動していないし。

「我が弟子は一人旅をする事が多い。その長年の経験から、周囲の気配を察知し、単独で対処する方法を身に付けておる。それ故、奴らの動きの先を察知し、反撃する事を可能としておるのじゃよ。それができねば、死ぬしかない旅をしてきたのじゃからな」

この辺は〈盗賊〉系スキルの恩恵もあるが、それぱっかりじゃない。今までの経験が立ち回りに影響を与えているのは間違いない。そう、自分だけじゃなく、ここで訓練している人達にも言える事だ。

「一人で戦わせるのだからと、一体一体の能力を落とすような真似はしておらぬぞ。そんな事をすれば弟子のためにならぬ。こやつも戦いに赴く以上、厳しく鍛えねば意味がないからの」

うん、師匠ズの訓練は、基本的にこちらのぎりぎりを攻めるようにするからね。今回のような場であっても手加減をしてくれるような考え方を持っていない。そして、キツい訓練をするからこそ本番で動けるってのは、自分も身に染みて理解している。

「単独で立ち回る、ですか……」

魔族の方が、そんな言葉を口にする。

彼らの動きは、完全にチームを組んで動く事を前提としている。もちろんそれが悪いなんて言うつもりはない、協力し合って戦えた方が総合的な戦力的としては上なんだから。

ただ――

「すみません、自分からも一つ質問があります。皆さんの戦い方を見せていただいたときに思ったのですが、もしかすると皆さんは今まで、チームを組んで強力なモンスター一体、もしくは少数と戦う形の訓練をしてきたのではないでしょうか？」

ＰＴプレイが必須なゲームでよくある方法として、モンスター一匹一匹がとても強い場合、まずモンスターの集団から一匹だけをＰＴメンバーの前まで引っ張ってくる。タンカーが挑発系統のスキルでモンスターの注意を引きつけ、盾となっている間に他のメンバーがモンスターのＨＰを削っていく。ヒーラーはタンカーが倒れないように回復させ、魔法使いは弱体魔法なり攻撃魔法で戦いやすくする。

この方法だと、モンスターのターゲットが変わらない限りヒーラーはタンカーだけ回復させればいいので消耗を抑えられるし、アタッカーは攻撃に専念できる。後衛の魔法使いやアーチャーは被弾する心配がないので脆《もろ》さが露呈《ろてい》しない、と良いところが多い。

が、今回の有翼人相手では……このやり方は通じない。

「それ故に、タンカーを無視されて自分が狙われた際の対処が遅れ、回避行動のとり方が拙《つたな》くなる。そして被弾し、普段できている行動ができなくなる。そうやって生み出された混乱に乗じた更なる攻撃を止められない。そして壊滅しているように見受けられました」

防御をタンカー任せにしてきた影響で、回避なり防御なりをする判断が素早くできない。タンカーも正面から来る大物を受け止める事をメインとしてきた故に、側面に回り込まれると対処ができない。

そうしてできない事が積み重なって行動がとれなくなり、相手にいいようにやられる。戦略系のゲームで、片方の読みがもう片方に完全に読まれていて、一方的な展開になった動画などを見たような気分になったのだ。

自分の言葉を聞いた魔族と獣人の皆さんは、思い当たる点が多すぎたのか黙り込んでしまった。まあ、自分なんかに言われなくったって分かってはいるよなぁ。

だが、分かっていてもそれが解決できるかどうかは別問題であって……まして、長くやってきた戦い方とは全く別のやり方をしろと言われても、そう簡単にスイッチを切り替えられるはずもない。職場でも、長年やってきた方法を翌日からまるっと変更しまーす、なんて事はできやしない。徐々に変えていくのが一般的だろう。

「我が弟子の動きを完全に真似しろとは言わぬ。だが、徐々にでも構わぬから、ある程度受け入れねば有翼人連中相手に勝ち目はない。今の分体は、奴らの中でも最弱な連中を模している。機動力を保持したまま攻撃力や防御力を上げた奴らもいた事を伝えておこう。それにいつまでも勝てぬようでは……この戦いに参加せぬほうがいい」

砂龍さんの言葉に、下を向く人はこの場にいなかった。師匠ズに向かって一斉に、もっと厳しい訓練を！　我々にもお弟子さんのような動きや考え方ができるようにご指導を！　との声が上がる。

その声に師匠ズはゆっくりと頷いた後、自分を手招きして呼び寄せる。

「お前も何人か見てやれ。お前に分体を四体預ける、使うがいい」

なんてお言葉を賜《たまわ》った。今までの経験なんかを伝えつつ、どう立ち回るべきか指導をしろって事ね。

指導か、会社に入ってきた新人と同じようにしちゃダメだろうな。ここに集っているのは経験豊富な面々なんだから、そこに新しい動きを組み込めるようにしていくべきだろう。そうなれば自分よりもはるかに強くなるだろうし……

伝えるべきは、前衛には置きの概念、後衛には回避の仕方かな？　置きで当てられるようになれば押されっぱなしって事はなくなるだろうし、後衛が回避できるようになれば前衛が焦る事もなくなる。

（んじゃ、そんな感じで教えましょうかね。攻撃が当たらない、回避がおぼつかない、じゃ話にならないし……）

やる事を頭の中で纏めた後は、ひたすら教える事に専念。与えられた役割をこなすだけではなく、プラスアルファができるようになってもらわないとな……

指導は難航した。まあ、簡単に言った事ができるようになるなら、師匠ズが自分をこの場に呼ばないよな。辛抱強く教えていく。

指導は、十を教えて一伝われば上々だという上司の言葉を思い出す。人に教えるという行為はそれぐらい地道で根気のいるものだ。

その結果、徐々に変化の兆候が見え始めた。目の前で実演された事もあって、有用性を理解したのだろう。前衛は置き攻撃が、後衛は杖や短剣で受け流しができるようになってくる。

その面子を集めてまた分体と勝負させると、最初見た時よりも善戦した。

その姿を見た周囲は、どう動けばより戦えるようになるのかを話し合って改善点を探る。そうした中で自分にもいくつか質問が飛んでくるので、それに自分の経験を交えて答えていく。

そんな感じで時間は瞬《また》く間に過ぎ――

「そろそろ薬の修業の時間だ。向こうに戻すぞ」

と、砂龍さんから言葉をかけられる。慌てて時計を確認すると、確かに時間が迫っていた。指導は終わりにして、急いで龍城まで戻らなければならないだろう。

「分かりました、お願いします。皆様、自分は他にもやらねばならぬ修業がありますので、本日はこれで失礼いたします」

この自分の言葉に対し、訓練を受けていた方達は素早く整列した後に「「「ご指導、ありがとうございました！！」」」と一斉に頭を下げた。

ここにまた来るかどうかは分からないが、今日教えた事が、後に待っている戦いで役に立つと良いのだが。

その後、砂龍さんの力で龍城まで一瞬で戻ってきた。龍の力はすごいな。

「では、我は指導に戻る。お前も訓練を怠《おこた》るな。明日からは相手をする分体の強さを引き上げるぞ。心しておくがよい」

ああ、余裕を持って勝てるようにならないといけないから、修業の難易度上昇は当然だろうな。

自分が「はい」と返事すると、砂龍さんはスッと姿を消した。向こうに戻ったんだろう。

さてと、自分は薬師のお師匠さんのところに行かないとな。教えを乞《こ》う身分なのだから、遅刻なんて論外だ。急いで向かわなければ。

4

「よう来た……が、随分と息が荒いの？　何かあったのかの？」

時間がぎりぎりだったので、お師匠さんのところまで全力疾走したのだが……久々に息が切れた。城内を走るという、礼儀作法からしたら〇点どころかマイナス評価を食らう真似をしてしまったなぁ。そのおかげで何とか遅刻は免れたが、まさに漫画のような展開をVRゲームでやる事になるとは思わなかった。なんとなく情けない気分になってしまう。

「いえ、こちらの不手際で……ぜえぜえ、遅れそうになったために急いだだけでして……見苦しい姿を見せてしまい申し訳ありません……」

会社でやったら間違いなく「もう少し早く行動したほうがいい」と叱責されるな。漫画でたま～に遅刻しまくる会社員とか出てくるけど、あれは漫画じゃなかったら間違いなくクビになる。時間を守れない人ってのは本当に信用されないから、仕事を任されなくなっていく。だってそうだろ？　他の会社の偉い人との取引の場に「すみませ～ん、遅刻しました」なんて入ってみろ、相手からは、時間を守れないだらしない会社で信用に値《あたい》しない、って思われる。それが会社にとってどれだけのダメージになるか、遅刻した本人だけは不思議と理解しないんだけど。

「まあ遅刻せんのは良い事じゃが、もう少し余裕を持ってな？」

薬師の師匠にやっぱりそう窘《たしな》められる。むしろこれぐらいで済ませてくれるのは優しいほうだ。教えるに値しないと修業を打ち切られたって文句は言えないんだから――まあ、今は状況が状況故に切るに切れないだけなのかもしれないが。

なんにせよ、これ以上眉を顰《ひそ》められるような真似は避けねば。素早く息を整え、所定の位置に座る。

「さて、今日とりかかるのは……お主《ぬし》の炎を広げる道具の強化じゃな。これはまだ薬による強化を図れるからの」

師匠には【強化オイル】のレシピをすでに渡してあったが、更なる強化方法をもう確立したのか……いくら専門分野の人とはいえ、早すぎないか？　さすがは師匠！と平伏する場面なのかもしれん。

「火力そのものはたいして上がらぬ。が、有翼人共を相手にする際に、より有効な手段となるように調整を行う。具体的に言えば、この炎を受けた者や近くにいる敵対者に、炎が纏わりついてより長く燃やす追加効果を付けるのじゃよ」

の、呪いの一種なんですかその追加効果は。なんかこう、製作するこちら側も呪われそうな雰囲気なんですが、それは大丈夫なんでしょうか？

しかし、纏わりつくとなると蛇を連想するけど……そんな薬草あったかな？　これまた師匠の秘蔵の薬草かな？

「お主が作り出したものに、ある三種の薬草から生み出した粉末を組み合わせたものがこれじゃ。まずは手に取って確認するがよいぞ」

そう言って師匠が一本の【強化オイル】を手渡してきたので受け取り、内容を確認すると――

ITEM

【蛇炎《じゃえん》オイル】

燃え広がった炎が蛇となって近くにいる敵に襲い掛かり、纏わりついて長く苦しめる。瞬間的なダメージは小さいが、なかなか消えないため総合的なダメージはかなり大きくなる。ただし対象が大量の水を浴びると即座に消えてしまうので注意が必要。炎の蛇は、製作評価が高ければ高いほど太くなり、より長く相手に纏わりつく。

効果：「蛇炎の炎」「拘束（弱）」

製作評価：10

これはまた、自分では食らいたくない道具が生まれてしまったものだ。炎に纏わりつかれるって相当キツいぞこれ……流石に消火はできるようだが、それでも相手に行動を強いる事ができるし、周囲に水がない場所で使えば極悪極まりない成果を上げるだろう。

そして、こんな物を作った師匠の意図も理解できた。

「これは、空中に浮かんで攻撃してくる有翼人に対して使うための【強化オイル】ですね？」

「その通りじゃ」

普通の【強化オイル】だと当てた場所から炎が噴き上がるので、空中の相手には当てにくいという難点がある。過去に空中にぶん投げて矢で割って起爆した事があったが――あのときは目くらまし目的だった。今回は当てて燃やさないといけないから、師匠はこんなアイテムを生み出したんだろう。

これなら、空中に投げて矢とか魔法で起爆させれば、その周囲に炎が蛇となって襲い掛かってくれるから、命中率も上がるだろう。

「作り方はな、【強化オイル】を一度作り上げ、その後にこの三種の薬草を足すのじゃよ」

そう言って師匠が出してきた薬草は、白いイチョウのような葉、赤く細長い葉、蒼《あお》い花びらのような葉だった。どれも今まで見た事がない物だ。龍の国のみに生えているのかもしれないな。

より詳しく確認しようと手に取って眺めてみるが、今の自分のスキルレベルでは鑑定する事ができず、表示が全て『？？？』となっている。

「初見ではまず間違いなく分からぬじゃろうから、一つずつ説明してゆくぞ？　まずこの白い薬草は『蛇丹《じゃたん》』といってな、薬の持続性を高める効果がある――毒草じゃ。毒草なのは相応の理由があっての、こやつを調合して服用すると、精神の高揚と同時にあっという間に薬の中毒を引き起こす。そう、麻薬となる一面がある厄介ものじゃ」

いきなり物騒《ぶっそう》すぎる一品が出てきたんですが。というか、こっちの世界にも麻薬があるとは……

「言うまでもないが、ご禁制の品じゃ。ワシのように国から認められた一部の薬師のみが栽培と使用を認められておる。こういった毒草も、今回のように役に立つ事があるからの……無論、どのように使ったのかなどを報告する義務がある。今回の一件はすでにこの国の王である龍稀《りゅうけ》様に話を通してある故、安心せよ。が、お主がこの【蛇炎オイル】を作る事以外に用いれば、すぐに指名手配される事は忘れるでないぞ？」

師匠の言葉に頷く。この手の危険物を悪用したらそうなるのは当然の話なので、納得したというよりも安心する。そういう事柄がきちんと決まっているほうが良いに決まっている。そのご禁制の品を使ってもいいという許可をくれた人々の信頼を、自分が裏切らなければいい話だ。

「さて、二つ目の赤く細長い薬草は『血槍《けっそう》』という名がついておる。こちらは単品で薬にすれば血止めの効能がある物じゃが、今はポーションを振りかけるなり飲むなりすればいいからの。用済みとなって忘れ去られつつある薬草と言えるかもしれんな。じゃが、これは裏の使い方として、火に関する力を上げるという効果がある。今回はその裏の力を使うために調合しておる」

生産者関連の掲示板でも見た事ない、知らない薬草がポンポン出てくる。特別に栽培しないと手に入らない薬草なのかもしれない。農業関連スキルと薬関連スキルの両方を極めているプレイヤーなら何か知ってるかもしれないけど、そんな貴重な情報を掲示板にポンと流す事はあり得ないだろう。

「最後の蒼い薬草じゃが、これは『恨終《こんしゅう》』という薬草じゃ。恨みが終わる、と書くのじゃが、この薬草には少しどろっとした逸話がある。簡単にまとめれば、ある恨みを抱えた者がこの薬草から抽出した毒で恨みを晴らして終わりにしたという話なんじゃがな……まあ、龍の国ではよくある創作の一つと言われとる。この薬草には血の巡りを良くする効能があるが、毒性はないからの——と普通は言うのじゃが……実はの、ある毒草と組み合わせる事で、出血が止まらなくなる毒へと変化するのじゃよ。じゃから薬師の間では、恨みの逸話はそういった薬を調合できる薬師の復讐劇だろうという見方をされておる。無論、その事をべらべらと喋《しゃべ》るような者はおらんがの」

使い方で毒にも薬にもなる、ある意味で一番『らしい』薬草って事か。

なんにせよ、どの薬草も悪用厳禁だという事はよく分かった。が、今は有用な物は何でも使わないと。では早速、調合法を学ばせてもらおう。学んで、調合して、配らねば。

そうして作り方が分かったところで、師匠の監督の下、調合を始める。

まず、【強化オイル】を作る。このときの手順は今まで通りなので特に気をつかうところはない。

その後、蛇丹、血槍、恨終の三種類を『別々に』すり潰す。すり潰すときに混ぜてしまうと、毒ガスが発生して非常に危険なのだそうだ。だから必ず別々にすり潰すように、と師匠から念を押された。

そして薬水（薬を作りやすいように調整した水）を入れる直前で、すり潰した三種の薬草を混ぜるわけなのだが、大雑把に言うと分量は蛇丹が五、血槍が四、恨終が一の割合だ。

とにかく、薬水と一緒に混ぜ合わせて纏まったところで、丸薬の形にする。大きさは直径一センチぐらいである。丸薬としては大きいが、まだ必要な手順が残っているためにこのサイズで作る必要があるのだ。

丸薬にし終えたら、今度は細い鉄製の串に次々と刺していく。サイズが小さめの三色団子をイメージしてもらえば早いだろうか？　そうして串に刺した大量の丸薬を弱火で焼く。今まで学んできた薬の調合とは違い過ぎるが、師匠の指示なのだから従う他ない。

そうして焼く事しばし、周囲が焦げたぐらいの塩梅《あんばい》になったところで火から下ろして、自然に冷めるのを待つ。師匠曰く、これらの手順を踏む事で【強化オイル】と混ぜ合わせたときに狙った効果が出やすくなるんだそうだ。

「うむ、冷めた事を確認したら串から抜き、もう一度すり潰せば、ようやく完成じゃ。ただし、ゆっくりとすり潰すのじゃぞ。速いと熱が出て、その熱が加われば失敗品になってしまうからの」

師匠の言に従ってじっくりとすり潰し、こげ茶色の粉末となったそれを、適量だけ【強化オイル】の中に落とす。その後、粉末がオイル全体に行き渡るようにビンを持ってぐるぐると動かしてやると、オイルが一瞬ほのかな輝きを放った。これで完成らしい。

（製作評価は7か。まあ最初にしては良いほうかな？）

評価によって効果が変わってくるので、あと1ぐらい評価を上げたいところかな。これは数をこなして慣れていくしかないだろう。

それから何回か【蛇炎オイル】を製作したが、評価は7止まりだったのがちょっと悔しい。

「とりあえずは出来たようじゃな。では、実践といこうかの。今回は物が物じゃからな、どういった効果が出るのかをお主にも実際に見てもらわんとならんじゃろ？」

そうだな、この【蛇炎オイル】がどんな効果を持つのか説明はされたが、作って配る以上、自分の目で性能を見ておくべきか。ご禁制の品まで持ち出して作り上げた新しいアイテムの実力はいかに。うん、ちょっとわくわくする。

実験のため、結界を張って外からは見えないようにしてある外部訓練所に場所を移す。

「では、実際に使ってみてどういう動きをするのか、お主の目で確かめるがよい」

師匠はそう言いながら人型の的を指さした。まずは、動かない相手に使うとどうなるかを見なさいって事なんだろう。

「分かりました、では早速行きます」

先程自分が作った評価6の【蛇炎オイル】を手に取って投擲《とうてき》する。わざと的から少し離れた場所を狙い、その狙った場所にちゃんと飛んでいき――地面に当たって火炎が噴き上がった。ここまでは【強化オイル】と一緒だが、比較すると火柱の勢いが弱くて、高さも低いな。

が、その火柱からいくつものひも状の炎が的に向かって飛んでいき、絡みつき始める。より詳しく見てみると、それは確かに蛇を模したような炎だった。

「――なるほど、あんな風に炎が絡みつけば、空に逃げられても持続的にダメージを与えられますね」

炎があんな風に纏わりつけば、相当な熱と焼ける痛みを味わう事になる。となると、ダメージだけではなく集中力を奪う効果もありそうだ。

「このように絡みつく炎を生み出すのはなかなか難儀《なんぎ》したがの。しかし、今度の相手は厄介じゃ。だからこそ、一つでも多く対抗策を持っておくほうがよい。普段は禁じ手としている物であっても、こういうときだけは解放してええじゃろ。一番ええのは、こんな物を持ち出さなくて済む事なんじゃが……残念な事に、そうはいかん相手じゃからの」

ああうん、今回の相手に話し合いは通じないから。話し合っても、奴隷になるか死ぬかのどちらかを選べという感じにしかならんだろ。だからこそ、龍の国も普段やらない事をこっそりとやってるわけで。

砂龍さんと雨龍さんの師匠ズが、魔族や獣人族の皆さんの所に行って稽古をつけるなんてのも、普段ならあり得ない事だ。

「しかし、動かない的相手に当たるのは当然。問題は空を飛ぶあいつらに通じるかどうかなんですが……」

そう、肝心なのはそこなのだ。あいつらが地面付近まで降りてきたときのみしか使えないんじゃ、魅力が半減だ。引きずり下ろした後に使うより、これで持続ダメージを与えて引きずり下ろしやすくなるほうが良いと思う。

「ならば、それも試してみようかの。そのために用意しておいた物があるのでな」

が、師匠は自分の言葉を聞くとニヤリと笑みを浮かべた。これは非常に珍しい事だけど……と、師匠が懐から小さな白い物を複数取り出す。何だろうと思って見ている自分の前で、それらはあっという間に膨らんで人型になっていく。どうやら、一種の風船のような物なのだろう。

「これを今から宙に浮かべて動かす。しっかり狙って当ててみせるのじゃ。その後は【蛇炎オイル】の本領を見ておればよい」

膨らんだ白い人型が宙に浮いて動き始める。そんなに動きは速くないが、四方八方へ自由自在に飛び回っている。どうやって動かしているんだという疑問が湧くが、その思考はいったん横に置いておく。今大事なのはそこじゃない。

「では、行きますね」

【蛇炎オイル】を再び手に持って投擲体勢に入る。くねくねっといやらしい飛び方をする人型だが、本番でもああいう飛び方をする奴はいそうだ……

ここだ！と思った瞬間に、【蛇炎オイル】を人型の一体に向かって投げつける。

自分が予想した通りの軌跡で命中し、瓶が割れて空中に炎がまき散らされる。命中した人型は一瞬で炎上して燃え尽きるが、それで終わりではなかった。命中した人型の近くで飛んでいた別の人型達に、蛇型の炎が次々と飛びつき始めたのだ。

「むっ……」

師匠が人型を操ってそれを避けようとするが、炎の蛇達はその動きを追尾して、人型に追いついたら食らいつき、絡みついて燃やし始めた。

あんな風に絡みつかれれば、いくら逃げても意味がない。しかも炎が蛇の形になっているという訳の分からん存在だからな……水をかけるか、体を地面にこすりつけるかぐらいしないと消えないだろう。

あ、時間経過でも消えるだろうな。ただ、時間経過で消えるまで待つという事は、全身くまなくローストされるという事で……自分で体験するのは御免蒙《ごめんこうむ》る。

と、ついに全ての人型が焼け落ちたな。

「ま、こうなるわけじゃ。効果のほどは分かったじゃろう？　あの炎の蛇には、空中にいる敵を素早く追うという効果もある。よほどの高速移動をする奴には追い付けぬかも知れぬが、大半の有翼人には有効な攻撃手段となるはずじゃ。この後はこれをひたすら作り続けて、品質を上げてもらうぞ。最低でも7、できれば8の品質が欲しいところじゃからな」

空中にいる敵をホーミングする炎か、こりゃいいや。有翼人に対していいプレッシャーをかける兵器となってくれる。十分な数を用意して、参戦する人達にしっかり行き渡るようにしないと。

そうしてこの後、ログアウトするまでひたすら師匠と一緒に【蛇炎オイル】を作り続けた。最終的に品質は、7が六割、8が四割くらいの割合になった。評価6は途中から一切出ないようになり、この修業に手応えを感じられたのだった。

STATUS

【スキル一覧】

〈風迅狩弓〉Lv50（The Limit!）〈砕蹴（エルフ流・限定師範代候補）〉Lv46
〈ドワーフ流鍛冶屋・史伝〉Lv99（The Limit!）〈精密な指〉Lv49〈小盾〉Lv44
〈蛇剣武術身体能力強化〉Lv28〈円花の真なる担い手〉Lv8〈隠蔽・改〉Lv7
〈薬剤の経験者〉Lv43〈妖精招来〉Lv22（強制習得・昇格・控えスキルへの移動不可能）

追加能力スキル

〈黄龍変身〉Lv14〈偶像の魔王〉Lv7

控えスキル

〈木工の経験者〉Lv14〈釣り〉（LOST!）〈人魚泳法〉Lv10〈百里眼〉Lv40
〈義賊頭〉Lv68〈医食同源料理人〉Lv25

ExP42

5

翌日、いつものように師匠ズと対面し、今日も修業をするのだと思っていたところ——そうはならなかった。

「龍神様のご都合がついた。次にお前が来たときにお会いになるそうだ。ある程度の事情はすでにお耳に入れてはいるが、当日はお前から伺った理由を話すがいい」

と、この国を訪れた当初の目的だった、龍神様との面会がついに叶うと砂龍さんが教えてくれた。龍神様と話をし、鱗《うろこ》を貰えれば、自分の新たな弓作りの素材集めは終わる。そうなればいったんドワーフの街に戻って、鍛冶の師匠であるクラネスさんの所に行かないとな。

「それと、先日お前に見てもらった連中だが……あれ以降、動きが大きく変わった。初級レベルではあるが、分体四体を打ち破るチームが大きく増えた。更に、中級レベルの分体六体と戦わせても勝つチームまで現れた。お前の戦いを見て色々と得るものもあったのだろう。感謝する」

と、これも砂龍さん。

そっか、やっぱり戦い方の知識さえ入れれば、実力とか種族的な能力では人族より強い魔族と獣人族の皆さんだ。一気に戦えるようになっても驚きはしない。むしろ当然だろうな、とすら思う。最初、上達していないと聞いたときは思わず首を捻ったからな。

「最後に……この手紙を預かっている。読んでほしい」

と、砂龍さんから手渡された手紙。開いて中を見ると、差出人は――いやはや懐かしい。昔蛇《へび》巫女《みこ》の祟《たた》りなどと呼ばれ、『なぶり殺しの洞窟』の奥でひっそりと過ごしていた、あの下半身が龍のようになってしまった女性からじゃないか。洞窟に住む蛇女より、なんて書くのは彼女だけだろうし。

しかし、その内容は穏やかではない。

ここ最近、一人でひっそりと過ごす理由の一つである魔眼の力が、長い月日を経た結果強くなり過ぎて、そう遠くないうちに制御不能になってしまう可能性が高いとの事。

そして、もし魔眼の制御に失敗して完全に暴走してしまったら、彼女自身が完全な化け物になってしまう可能性が否定できない。それを食い止めるために、以前会ったあの場所まで来てほしい事などがしたためられていた。そうすれば何とかできる方法が一つあるらしい。

「これは、穏やかじゃない。師匠は――」

この状況を知っているのですか？と続けようとしたが、この問いかけは予想していたようで、雨龍さんが先に答えてくれた。

「分かっておる、が、我らでは手の打ちようがない。故に今日の修業はなしとするから、早く行ってやってくれ」

そういう事なら……こうして関わるのは本当に久しいが、出向かないわけにはいかないだろう。自分に何ができるのかは分からないが、とにかく話だけでも聞かないと。

「分かりました、急いで向かいます」

こうして、今日は懐かしのあの人に会いに行く事が目的となった。アクアはまだ戻ってこないので、自分の足で動かなくてはならない。とにかく走って、疲れてきたらペースを落とし、疲れが抜けてきたらペースを上げる。

リアルでもこれぐらい走れたら楽しいんだろうなぁ……なんて思いながらも、五《いつ》が武《たけ》、四《よっ》が武《たけ》を通過して三《さん》が武《たけ》に差し掛かったときだった。

「そこの走っている者、止まれ！！」

お役人と思われる龍人からそんな声をかけられたので、素直に急停止。お役人の制止を無視したらどうなるか分からない。

「お役人様、何かございましたか？」

こちらに近づいてきた、立派な服を来ている数人の龍人にそう問いかける。犯罪行為は一切していないと思うけど、こうして呼び止められる理由は何なのだろうか？　怪しまれる行為があったかな？

「我らは三が武の奉行所に勤める者だ。すまぬが尋ねたい、そなたはこれからどこへ行くつもりだ？　行き先によっては警告を与えねばならぬ事態が、二《に》が武《たけ》にて発生しておる。足を止めさせてすまぬとは思うが、どこに行くつもりであったのかを教えてくれぬか？」

これは、予断を許さない状況かもしれない。自分は声をかけてきたお役人に例の手紙を渡し、内容を見てもらう。手紙を読んだお役人の表情が驚きに変わるのに時間はかからなかった。

「この文《ふみ》を持っているそなたならもう状況は分かっておるか。二が武にある『なぶり殺しの洞窟』から、異様な圧力と魔力が入り混じった気配が漂《ただよ》ってきておるのだ。突如発生したかと思えば、その気配は徐々に強くなるばかりでな……このまま収まらぬのであれば、奉行所の者で調べに行かねばならぬという話が纏まりつつあった。すまぬが、この文を二が武の奉行所に持ち込み、見せてやってはくれまいか？　その後、お主の事を奉行所の者で護衛させていただきたい。今、それを頼む文を書く故、しばし待たれよ」

そう言ってお役人は自分に手紙を返した後、目の前で手早く書き上げた文を渡してきた。奉行所のほうでも、この異常事態自体は察知していたんだな。

なんにせよ、もたもたしてはいられない。自分は渡された文も懐に仕舞うと、お役人に一礼した後に再び走り出した。

この新しく貰った文のおかげで、三が武と二が武の間にある関所はすぐに通る事ができた。

そして、関所を通過し、再び走り出した直後だった。ズン！という衝撃が自分の体を襲った。

「な……んだこれは」

実際に振動があったわけではないのだが、まるで震度五くらいの地震の縦揺れような感覚だった。空気が重いというのはこういう事を言うのか？　少し息苦しさまで感じる。急に粘り気の強い液体の中に突っ込まれたような、そんな感じ。走るどころか、歩くだけでも少々辛いくらいだ。

（ちょっと、これは本当にマズいかもしれないわ。この魔力の感じからして、残っている時間はあんまり多くはなさそうよ、急がないと取り返しがつかないかも）

と、指輪の中からルエットがそう思念を飛ばしてくる。

魔力関連においては、ルエットのほうが自分よりはるかに優れている。その彼女がこう言うのだ、一刻を争うのは間違いないだろう。

しかし、この状況では今までのように走って移動する事は難しい。

そうルエットに伝えたところ——

（そうね、これだけ魔力の濃度が高い中で行動するのは、龍人や魔族の人達ならともかく、マスターのような人には辛《つら》いわね。マスターと同じ出身でも、才能を魔法系統に伸ばしている人なら抵抗できるんでしょうけど……まあ、それは今はどうでもいい事ね。ここは私が力を貸すわ。普段は

出てこない分、いざというときに役に立ってこそ私の存在意義がある）

ルエットがそう伝えてくるのとほぼ同時に、急激に体が楽になった。どうやら、ルエットが何とかしてくれたらしい。この状態なら、十分に走って移動できる。

（これでいけるはず。マスター、急いで。あの手紙を書いた人を、悲劇的な終わり方にしたくはないのでしょう？）

無論だ、あんな苦しんで虐められて怖がられて孤立した人が、なんでこんな更なる苦労をしょい込まねばならんのだ。世の中そんなものだなんて言って片付けるほど、自分の血は冷えていない。とにかく、今自分にできることは二が武の奉行所に文を届け、協力してもらう事。そしてその後はできるだけ早く、あの女性のもとに辿り着かねばならない。

（私も悲劇は好きじゃないのよ。何とかしてそんな結末をひっくり返すわよ、マスター！）

ルエットの思念に頷き、走る速度を更に上げる。二が武はもうすぐそこだ。とにかく今は全力で走り抜けよう。

「手紙で話は理解した、すぐさま人員と道具の手配をしよう」

二が武にある奉行所に駆け込んだ自分を、最初奉行所の人々は何事かと警戒した。

だが、自分が差し出した二つの文を読んだ後は、あっという間に協力体制を整えてくれた。

今の二が武の街は、普段のにぎやかさなどどこに行ったのか……多くの店が戸締《とじま》りをし、道行く人もほとんどいない寂《さび》れた雰囲気を漂わせていた。

そんな様子の街を、奉行所が出してくれた五名の屈強な護衛の皆さんと共に後にする。

「では、このまま北にある『なぶり殺しの洞窟』まで我々が貴殿を護衛する。現時点では、二が武のみがこの不可思議な圧の状況下にある。しかし、この圧の領域が徐々に広がりを見せているとの報告も受けており、このまま放置してしまえば龍の国だけでなく他国をも巻き込みかねない。貴殿がこの状況を止める鍵を握る重要な人物である以上、我々の命を失っても目的地まで送り届けよう。それが、奉行所に勤める者の役割なのでな」

護衛の皆さんは全身フル装備。槍《やり》に大太刀《おおたち》、ダガーに鞭《むち》。多くの装備でガッツリ固めている。そんなに持てば重量が相当かさむはずなのだが、現地に向かって走っている自分とスピードの差がない。どれだけ鍛え込んでいるのやら……もしくは、種族的なスペックが高い事に加えて、一流の素質の上に訓練を積み重ねた、剛《ごう》の者達だ。

「お願いします、『なぶり殺しの洞窟』は何度も入った事がありますが……今はどういう状況になっているのか全く分かりません。しかし、今回はそれでも飛び込まねばなりませんので、皆様のような人達が同行してくださる事に、心から感謝します」

自分はルエットのおかげでこの圧力の影響から逃れられているが……もしルエットがいなかった

ら、護衛の人に担いでもらわないとこの速度で移動する事は叶わなかっただろう。

「非常時にこそ命を懸けて働くのが、我ら奉行所の者ですからな。この状況下で逃げ隠れているようでは務まりませぬ。と、洞窟が見えてきましたな。ここからが本番ですぞ」

目的地である『なぶり殺しの洞窟』が、〈百里眼〉を使わずとも見えるようになってきた。護衛の人が言った通り、ここからが本番だ。できる限り早く、あの人のもとに辿り着かねばならない。

スキルの設定を再確認した後に、護衛の皆さんと共に洞窟の中に足を踏み入れて――凄まじく冷たい殺気を感じる事になった。

「くっ⁉」

「これは⁉」

「何という殺気よ……」

「馬鹿な、死闘を潜り抜けてきた我の体に、冷や汗が流れ止まぬ、だと⁉」

この場にいた全員が声を漏らしてしまうほどに、感じられた殺気はあまりにも強烈過ぎた。心臓を握られたような感覚、とはこの事を言うのだろう。ゾッとする、なんて言葉じゃ生ぬるい。一瞬で凍らされたような錯覚を覚えたほどだ。

これは――この殺気は、こちらに向けてというより、とにかく近くにいる存在全てに浴びせかけているような感じを受ける。特定の誰かをじゃなくて、誰でも構わないから殺してやる、という狂気も感じ取れた気がする。

「――急がないとマズそうです。それは分かっているのですが……色々と反応がおかしい。ここに棲むモンスターから感じる圧力が、以前来たときとは比べ物になりません」

《危険察知》が示すモンスター――リザード達の反応の強さは、ダンジョンボス級の反応ぐらいに跳ね上がっており、最大の警戒が必要だと休みなく教えてくれている。この圧力のせいで変質してしまったと考えたほうがいいと、護衛の人達にも伝える。

「何という事だ、そんな事態にまでなっているとは。できる限り戦いは回避したいが……奥に行く道は分かるのか？」

護衛の人にそう問いかけられたので、最短かつなるべく戦闘を回避するルートは知っているが、それでも数回は戦闘をしなければならない事を隠さずに伝える。どうしても、モンスターが中にいるであろう部屋の中に入らなきゃいけない作りなのだ。

「そうか、だが道が分かるだけでも僥倖《ぎょうこう》というもの。この圧の下で長時間戦うのは危険すぎる。最短の道を突っ切るぞ」

龍人さんの一人の言葉に皆で頷く。

そこから、戦闘を回避できない部屋の前に到着するまでは、自分を先頭に素早く駆け抜けた。通路を巡回しているリザードもいてかなり気を使ったが、それでも戦闘は回避できた。

あとは準備を整えてから部屋の中に入り、敵を殲滅《せんめつ》する――という予定だったのだが、その予定は覆《くつがえ》される。

なんと、部屋の中にいたリザード達の一部が、扉を叩き壊して外に飛び出してきたのだ！

「うおっ!?」

その勢いのまま、六匹が護衛の龍人さんに飛びかかる。だが、不意を突かれながらも龍人さん達はこれに反応。ある程度ふらついたものの、攻撃自体は回避してみせた。

それでもホッと息をついている時間はない。何せ部屋の中にいた残り三匹のデカいリザード――色からしてカーストーン二匹とパラライズ一匹と思われるリザード連中が、こちらに向かって口を開けていたのだ。ブレスが来る。

「やらせるかっ！」

その三匹に向かって、【強化オイル】を数個投擲する。とりあえずぶん投げた形なので、口の中を狙うほどのコントロールはできなかった。

投げた【強化オイル】が地面やリザードの体にぶつかった衝撃で爆発、炎上する。が、その炎の奥から、火傷を負いつつもリザードが三匹共口を開けたまま姿を見せた。くそ、ブレスを阻止できなかった!?

「「「カウォッ！！」」」

奇妙な声と共に、三匹のリザードからのブレスがこちらに向かって放たれた。灰色と暗い黄色の煙を伴ったブレスが、自分達全員を容赦なく包み込む。

そのブレスが収まった後に見えたのは、護衛の二人が石化している姿だった。

「馬鹿なっ⁉　我々は石化に対する備えは十分にしていたはず！　その備えをたやすく突き破られたというのか⁉」

石化した同胞を見て、他の三名の護衛は動揺を隠せていなかった。それでも、毒が含まれた爪を大太刀で弾いて応戦する手は止めていない。

だが、いきなり二人が戦闘不能になったのは痛い。［石化］の治療薬は支給されているから、そいつを状態異常中の二人に振りかければいいんだが、ブレスを吐いた三匹も近接戦に加わった猛攻を受けている状況下ではその暇がない……！　リザードの強さも跳ね上がっているし、このままではいきなりここで全員やられかねない！

「ルエット、頼む！　出てきてくれ！」

だから自分は、切り札を一枚切る事を即断した。出し惜しみをすれば取り返しがつかない。

呼びかけに応えて、以前赤鯨《あかくじら》戦で見せたのと同じ鎧姿のルエットが指輪の中から現れる。

「我が主人の呼びかけに応え、これから参戦します！」

登場しながらそう宣言したルエットは、すぐさま一番近くにいたカースストーンリザードの背中に剣を突き立て、大量の出血を強いた。出血を伴うその痛みに、カースストーンリザードは悲鳴を上げながら怯む。

更にルエットは呟くように何らかの呪文を唱え、別のリザード二匹の真下から闇の槍を複数生み出して突き刺した。こちらはあまりダメージを与えた様子が窺えなかったが、それでも胴体を貫かれた事で移動できないようだ。

（しめた、今のうちに！）

九匹のリザードのうち三匹がルエットの攻撃で動きを止めた隙に乗じて、治療用のポーションを［石化］中の二名に投げつける。それはすぐに効果を発揮して、お二人は［石化］から解放されて膝をついた。

「我らは奴らの息を受けて……いや、とにかく我らもここから参戦する！」

［石化］の影響なのか、意識の混濁《こんだく》が起きているそぶりを見せたが、お二人はすぐに状況を呑み込んだようだ。

これで戦力は六対七、何とか数の上では有利になった。しかし、向こうは一匹一匹が文字通りの化け物だ。時間をかけたくないというのに……そうは問屋《とんや》が卸《おろ》さないってか⁉

まずは一匹削る。話はそこからだ。

6

リザード達はこちらの様子を窺うつもりなどみじんもないようで、すぐさま数匹が突っ込んでくる。だが、ここは広い部屋の中ではなく横幅に限りのある通路故に、同時に飛びかかれる数が制限されるのはありがたい。

混戦を避けるために少し下がって立て直したこちらは、前方に三名とルエット、その少し後ろに二名、更に後ろに自分がいるという形になっている。

こちらも横に広がれないため、どうしても細長い陣形にならざるを得ず、ブレスを吐き出されたら回避が難しい。そのため今の自分の仕事は、前衛を邪魔しないように気をつけながらリザード達の口の中に矢を射ってブレスを妨害する事だった。

「くっ、こやつらの体には大太刀の刃が通りにくいぞ！」

前衛三名のうちの一人がそんな声を上げる。矢を射ながらチラリと見るが、どうも鱗に弾かれるというよりは受け流されているように見える。少しぬめりがあるのか、切りつけた切っ先が変にぶれるというか滑っているというか。なんにせよ、あれでは斬れないのも無理はない。

「ならばしばし下がれ！　斬れぬのはお前が必要以上に怯えを覚えたが故に、気を入れるのを忘れておるからだ！　気をしっかり入れんか！　力は腹に込め、刃には気を入れてしっかり振るえば、大木であってもひと太刀で斬り倒せるものだ！」

護衛の中で年長者である龍人が、斬れないと声を上げた龍人を下がらせ、リザードに対して自ら大太刀を振るう。その刃は、先程の言葉を証明するかのようにリザードの首を一撃で刎ね飛ばした。

何て太刀筋だ、自分の目には一瞬光が走ったようにしか見えなかったぞ……

「妨害支援行きます、《スティール・ヘヴィチェインバインド》！」

続いて自分の隣にいるルエットが魔法を発動。ルエットの手から闇で出来た鎖が複数飛び出して、リザード達に殺到する。この魔法を回避し損ねた三匹に絡みついて締め上げた。

バインド系の魔法は相手の動きを封じる効果があるが、この魔法はそれだけではないってのが呪文名から予想がつく。締め上げられたリザード達は暴れるが、拘束から逃れられないようだ。強化されているこのリザードを相手にここまで通用するって事は、かなりの高位呪文なのだろう。

「今が好機だ、一気呵成《いっきかせい》に攻め立てろ！　厄介な息の攻撃はアース殿が抑えてくれている！　攻撃の疲労が溜まればすぐに後ろの者と交代しろ、この機を逃さず敵の数を減らせ！　そうできなければ護衛の名が泣くと知れ！」

こちらとしても、ブレスに気を使わなければいけない対象が二匹まで減った事で仕事がしやすくなった。大太刀を振るって拘束されたリザード達にダメージを与えている龍人達の邪魔をしないように気をつけながら、自由なリザードの口や喉を狙って矢を射かける。

「ルエット、その魔法はどれだけ持つ？」

そうしてブレスを妨害しながら、ルエットに確認を取る。この強さを持つ相手の動きを無理やり止め続ける高位呪文だ、消費も激しいだろう。どれくらい持続させられるのかは把握しておかなければならない。

「こちらはまだまだ大丈夫です。それに、この締め上げている鎖から敵の魔力を無理やり吸い上げて私の魔力に還元していますから、消費をかなり抑えられています。その代わり、この魔法を使っている間は他の攻撃をする事ができないのですけど、そこはマスター達がいますから問題ないでしょう？」

ああ、呪文名にある『スティール』ってのは、魔力を奪うって意味だったのか。それなら普通のバインド系魔法よりも持続させられる時間は伸びるな。

それに龍人さん達も極端に動きが鈍《にぶ》ったリザード相手なら、強化されているその装甲でも素早く切り刻めるようで、一匹ずつ確実に始末されていく。

リザード達の強さはダンジョンボス級のはずなのに……生粋《きっすい》のアタッカーとでも言おうか、彼らの火力が発揮されればそんな事は関係ないとばかりの勢いだ。

体が自由な二匹がこちらの攻撃を止めようと襲い掛かってくるが、大半のリザードが戦闘不能になったおかげで、龍人さん達は冷静さを十分に取り戻していた。拘束されたリザード達の合間を無理やり縫って前に出てきて行う爪攻撃は悉《ことごと》くいなされるだけでなく、反撃の太刀を貰うばかりだった。

ブレスを吐こうと後ろに飛びのいて口を開ければ、当然自分の矢がその口内に突き刺さって痛みを覚えさせる。

射線が通る以上、何としてでも止めさせてもらう。止められないとこちらが一瞬で全滅まで追いつめられる可能性があるのだから。

とはいえ戦いの流れは、ルエットが大半のリザード達を拘束した時点で決まっていた。

闇の鎖に囚われたリザード達は一匹ずつ確実に始末され、それを逃れた二匹もこれといった反撃はできない間にダメージが蓄積して――

「これにて終《しま》いだ！　――アース殿、お怪我はありませぬか？　それと、突如現れたそちらの女性は一体？」

最後の一匹を始末した龍人さんからそう問いかけられた。

自分としては、最初にブレスこそもらったが、被害はそれぐらいだ。それ以降は前衛を務めてくれた龍人さん達のおかげで全くダメージがない。あのブレスで状態異常を貰わなかったのは、おそらく装備している【裏魔王の外套】の特殊効果によるものだろう。

「ええ、皆様のおかげで傷はありません。ですが、皆様の消耗はかなり激しいですし、まずは部屋の中に入りましょう。敵の反応も罠の反応もありませんから、ここで小休止ができるはずです。それと、この子は私が条件付きで短時間だけ呼び出せる特殊な妖精です。敵対する存在ではありませんのでご安心ください」

「その点はこちらも承知しておる。そちらの女性の妨害魔法がなければ、先程の戦いがもっと厳しいものになっていた事は明白故」

うん、その分析は正しい。まさかボスクラスの能力を持っている強化されたリザード達を、締め上げて動けなくしてしまう高レベルなバインド魔法まで使えるようになっていたとは。

ルエットの支援がなければ、先程の戦いで犠牲者が出ていた可能性は否定できない。何せ、しょっぱなから［石化］したメンバーが出たからな。そのまま一気に数を減らされての全滅も、十分にあり得る展開だったろう。

とにかく、部屋の中で小休止である。自分は特にアーツも使わなかったので、消耗したのは多少の矢だけ。ルエットも拘束したリザード達からそれなりの魔力を頂戴したそうで、まだまだいけますとの事。

だがそれとは対照的に、護衛の龍人さん達はかなり疲弊した様子が窺える。

「今の戦いでかなり気を消耗してしまった。生半可《なまはんか》な気ではあのトカゲ共の表皮を貫けぬようだ。まるでこんにゃくのようなぬるりとした物に刃を入れた感じで、切っ先が鈍らされる」

「一匹一匹がかなり厄介だな、支援がなければ私は今頃屍《しかばね》を晒《さら》していたやも知れぬ」

「先を急ぎたいのはやまやまだが、この状態では……」

そんなやり取りが交わされる。

戦闘を余儀なくされる部屋はまだいくつもある。先を急いで短絡的な判断をすれば、それこそ全滅しかねないだろう。

「完全に回復してから次に向かいましょう。一戦交えて分かりましたが、奴らは非常に手ごわい。ここで休みを中途半端にしてしまったら、次の戦いで犠牲者が出かねません。そして犠牲者が出てしまえば、その次の戦いは絶望的になるでしょう。時が惜しいのは事実ではありますが、ここで休息をとらぬのは愚か者の判断となるでしょう」

自分の言葉に、反対意見など出るはずもなく――十分な回復を図ってから、部屋を後にした。

さあ、次の部屋まで交戦を避けて慎重に進もうか。

それから二つの部屋を通り抜け、今は三つ目の部屋の中にいたリザード達を殲滅して休息をとっている。幸いここまで、戦闘不能者、死者は出ていない。だが、護衛の龍人さん達の疲労の色はかなり濃い。

だが、ここまでの戦いでいくつか分かった事もある。当初自分は、リザード達の強さをダンジョンボス級と表現したが、今は幾分評価を下げている。

高いＨＰに攻撃力と防御力から、手ごわい存在である事は事実だ。しかし、彼らはダンジョンボスがよく持っているある能力を身に付けていなかった。

その能力とは、状態異常に対する抵抗力。ＲＰＧに出てくるボスというのは、基本的に状態異常が通じないものだ。

無論、例外はある。シナリオ的な背景があって毒に弱いとか、麻痺させないと攻撃が通じないなど、特定の状態異常には弱い奴もいる。が、即死や石化などの効いたら勝利が確定するような強烈なものは総じて通じない。

ここにいるリザード達は、そういった状態異常に対する抵抗力がパワーアップする前と変わっていないのだ。だから最初の戦いでもルエットのバインドがすんなり入って、龍人さん達が首を一刀両断する事が可能だったわけだ。

それが判明してからは、自分が【デス・ポーション】を用いて部屋内のリザードをまとめて弱らせた後に一気に始末したりもやった。

ズルい気もするが、そんな事を言っていたらこちらが潰される。護衛の龍人さん達も時を惜しんでいるので早く終わるならどんな手でも構わないそうだ。

「次へ参ろうか」

龍人さんの一人が立ち上がりながらそう口にする。しかし、その表情は疲労が抜けたとは思えない。自分はそう指摘して、もう少し休息をとるよう進言したのだが――

「おそらく、ここで一日休息をとったとしても回復は望めなかろうという意見で一致しておる。我らに纏わりついて押し潰そうとしてくるこの圧が回復を許さないのだ。これほどの圧が街まで及べば――多くの者が床に伏し、そのまま帰らぬ者となる事になるのはまず間違いない。それを阻止するため、一刻も早く前進するべきだ」

ルエットのおかげで圧の影響外にいる自分には分からなかったが、猛者である護衛の龍人さん達が皆そう言うのであれば、それが事実なのだろう。なら、進むしかない。進んで一番奥に辿り着き、原因を取り除くしかない。

「分かりました、移動を開始しましょう。次です、次の奥に階段があり、その先が目的地です。あと一回だけ、皆様の力をお貸しください」

以前ここに来たときに作り上げた地図が、それを教えてくれる。

まあ、そこで何が待っているのか全く分からないのだが……それでもとにかく、護衛の人達に踏ん張ってもらうのは次の戦いが最後だ。

「承知した。皆聞いたな？　死力を尽くせ、だが死ぬ事は許さん。我らは今回だけではなく、今後も二が武を、そして龍の国を守っていかねばならぬ。ここでの苦しみも経験に変え、この先を戦い抜く力とするのだ。よいな！」

「「「おう！」」」

リーダー格の龍人さんが他の面子に檄を飛ばし、他の龍人さん達がそれに応える。

その声に自棄《やけ》になっている感じはないので、自分はホッとする。疲労の色は隠せなくても、士気が衰《おとろ》えていないのであれば、あと一部屋だけなら何とかなるはずだ。

「では、行きましょうか。ですが、ここから奥はかなりの数のリザード達が通路を歩いているようです。なので、彼らと遭遇しないタイミングを見計らってこの部屋を出ます。よろしいですか？」

この言葉に、龍人さん達とルエットが頷く。

龍人さんだけじゃない、ルエットの召喚を維持できる時間も迫ってきている。もしここでルエットが抜けると、被害を大きく抑えてくれるバインド魔法の使い手がいなくなってしまう。

初手に【デス・ポーション】を使って頭数を減らす算段は立てているが、確実ではない。何回も戦ってスタミナがすり減っている状況を考えると、拘束して首を刎ねやすくなるバインド魔法がない状況で戦うのは、何としても避けねばならない。そういう意味でも、戦闘はあと一回が限界と言える。

（マスター、あまり時間がないわ。慌てず急いでね）

ルエットの念話に、自分は頷く。急がなければならないが、慌てた結果の単純なミスで全滅しかねないのが今の状況である。

が、今までにも厳しい状況なんてものは何度もあって、それらを何とかしてきたのだから、この大事なところでつまらないミスをするような情けない姿を晒すつもりはなかった。

「今です、走って！　最後の部屋の前まで駆け抜けます！」

リザード達の動きを《危険察知》でつぶさに観察し続け、やっと動くタイミングがやってきた。疲労が溜まっている人達に走れと言うのは酷《こく》だが、それでも今走り抜けないと間違いなくかち合うのだから仕方がない。

その甲斐《かい》あって、数多いリザート達との戦闘を全て回避できるルートを踏破し、最後の部屋の前までやってこられた……のだが。

（──なんて事だ、ここに来て本当の意味でのダンジョンボスがいるとは）

部屋の前に着いたとき、《危険察知》が突如その存在を表示した。《危険察知》がさぼっていたわけではない。きっと中にいる奴は《隠蔽》系統の能力があるのだろう……マズいな。スキルで隠れながら不意打ちで高火力をぶつけてくるとなると、一撃でこちらの命を奪い去られる可能性が高い。

とにかく、この状況を他の面子に知らせる。

「なんと……魔物の中にも隠れる事を得意とする奴はいますが、最後の最後にそんな難敵が待ち構えていたとは」

龍人さん達の表情も暗い。視認できないっていうのは、それだけで脅威だからな。姿が見えない中で高火力をドーンとぶつけられて、混乱したところで畳み掛けられて一気にやられた経験は、対戦ゲームが好きな人なら一度は経験があるんじゃないだろうか？

「最初は、自分が一人でそいつの相手をして時間を稼ぎます。皆さんは自分が引きつけているうちに他のリザード達を倒し、後から加勢してください」

ここは切り札の使い所だろう。今回は魔王に変身して、魔力の属性矢の雨をプレゼントしてあげよう。矢が刺されば、他の面子にもどの辺に敵がいるのか分かりやすくなるはず。

急にこういう事があるから、普段は変身を温存せざるを得なくて、スキルのレベル上げができないんだよなぁ。

自分が変身した姿を他言しないよう龍人さん達に約束してもらった後、戦闘に向けた打ち合わせを始める。

「手前に各種リザードが三匹ずつ、合計九匹います。皆さんはこいつらの相手をお願いします。ルエットは、とにかくバインドをかけて一匹でも多くの動きを止めてくれ。絶対にブレスは吐かせるな、特に麻痺や石化にかかったらマズい。自分は先程も言った通り、奥に隠れていると思われるボスを引きつけます。今回も最初にこいつを部屋の中に投げ入れますので、毒が収まった後になだれ込みましょう」

話をしながら【デス・ポーション】を懐から出してちらつかせると、龍人さん達も頷く。こいつの威力は二つ目と三つ目の部屋で見ているので、龍人さん達もその効果を認めている。

リザードが強化されているために確定で即死させる事は難しいが、それでも猛毒でかなり弱らせる事ができる。

さあ、打ち合わせも終わった事だし、始めようか。

7

ある程度扉に近寄ったところで、龍人さん達やルエットにはいったん待機してもらう。そこから扉までは〈隠蔽・改〉を用いて自分だけ静かに近寄る。

リザード達はこちらの気配をすでに察して、うっすらと扉を押し開ける体勢で襲い掛かるチャンスを待っている。そうして扉が開いた隙間に、自分は躊躇《ちゅうちょ》することなく【デス・ポーション】を二本ほど放り投げてから、扉を蹴って無理やり閉じる。

「「「ギョエヘヘエエエエ!?」」」

その直後に聞こえるリザード達の絶叫。と同時に自分は待機していた仲間達を手招きで呼び寄せる。後は、【デス・ポーション】の毒霧が消えるまで待ってから突撃……それが、ここに来るまで採ってきた戦法だった。

だが今回はそこに、自分が魔王に変身するという一手が加わった。

「そ、そのお姿は……いえ、詮索《せんさく》は無用でしたな。失礼」

龍人さん達も驚いていたが、先程の約束をすぐに思い出してくれたようで、口をつぐんで突撃のタイミングを窺う。さて、毒霧が消えるまで、三、二、一。

「突撃」

自分のひと言を合図に扉を開けて、全員でなだれ込む。リザード達は毒にのたうち回っているようで、こちらへの効果は上々。

だが、奥にいる奴だけは全く動じていない。やっぱりアイツが本当の意味でのダンジョンボスだ。しかも、《危険察知》に加えて〈百里眼〉も持っている自分にも、うっすらとしか見えない。ゲームでよくある、動いたときにだけ輪郭がぼんやり分かるような状態だ。

(やはり、こいつは自分が抑えるしかない。龍人さん達がリザードを倒して加勢に来るまでに、何とかある程度は姿が見えるようにしておかないと)

この手の連中には、ペンキや小麦粉、鼻血をかけるなどの方法で不可視性を落としたりするものだが、果たしてこいつに効くかな？　そういった付着物もレジストされてしまう可能性があると見ておくか。となると——

（とりあえず各属性の矢を撃ち込んでみるか。弱点属性を突く事で、不可視状態が破壊されるかもしれないし）

　こうやって隠れられる存在というのは、何らかの大きな弱点がある事が多い。例えば「ワンモア」のプレイヤーなら、隠れるとなれば基本的に金属製の鎧の装着ができず、その事による防御力低下が挙げられる。更に、音でバレないように工夫しなければならないし、ＭＰの消費が激しいので対策なしには満足に動けない。だから登場当初は弱くて使い物にならないスキルだって言われていたわけで。

　まあ、ボスだからって理由でそうした弱点が抑えられている可能性はあるが、いくらなんでも完全にではないだろう。どんなモノにだってリソースの限界ってものはある。そのリソースが回らなかった部分が弱点なのであり、一番分かりやすい特定の弱点属性の有無から調べてみようというわけだ。

　早速、地・水・火・風に加えて光、闇の属性を纏った矢を乱れ撃ってみた。魔王状態じゃなきゃ到底できない芸当だ。

その結果。

（どうもこいつは魔法的なバリアーのような防御膜も持っているようだ。そしてこの手では不可視状態は解除できそうにない、な）

火と水と光の属性の矢はその膜に遮《さえぎ》られて奴の体に当たる前に完全に輝きを失い、地面に落ちてしまった。

地と闇の矢は膜に触れた時点である程度勢いが殺されるものの、そのまま体に突き刺さった。

風の矢は、膜に当たっても勢いの減衰が見られないが、体に当たると簡単にはじき返されていた。

そして無属性の矢は、奴の前で停止したかと思うと、反転して不可視の能力を付与された上でこちらに飛んできた。そのうちの数本はリザード達と戦っている面子のほうに飛んでいったようなので、それは弾かせてもらった。

（弱点以外は無効化、反射ときたか。これ、人によってはどうしようもないぞ……）

まだ近接攻撃は試していないが、それでもこれはちょっと酷い。何でハイド系の能力を持ってるボスが、属性無効化&特定攻撃反射なんていうえげつない防御手段まで持っているんだ。変身してなかったら、自分は【真同化】で攻撃する以外何にもできないんですけど。

とにかく、ここからは地と闇の矢のみで攻撃を仕掛けよう——

「マスター、こちらはあと少しで終わります！」

少しして、ルエットの声が飛んできた。【デス・ポーション】とルエットのバインドのおかげで、あっちのほうはもう終わりそうだ。それはありがたいんだが、こっちはちょっとよろしくないな。

自分はこのボス――名前が分からん――に全然ダメージを与えられてる気がしない。あれからかなりの数の地属性と闇属性の矢を奴の体にぶち込んだのだが、向こうはぴんぴんしている。魔王変身状態で放つ属性矢は相当な威力があるはずなのに。

一方で、向こうの攻撃は全て回避している。どうもこいつ、噛みつくにしろ引っかくにしろ、ブレスを吐こうと口を開けるにしろ、一つひとつの行動が実に鈍いのだ。

こいつが素早かったら悪夢だったな。ここのリザード達の爪は猛毒が仕込まれている暗器みたいなものだから、素早さと視認性の低さを生かして四方八方に飛び回りながら攻撃されていれば、こっちは簡単にやられていただろう。

「こちらは終わった、そちらに向かう！」

と、龍人さん達からそんな言葉がかかる。なので――

「気をつけてくれ、こいつの耐久力や防御能力はどうにもおかしい。だから最初から全力で斬りかからないでくれ、攻撃を反射してくるかもしれない！　奴の体は見づらいかもしれないが、あちこちに刺さった矢を目印にしてくれ！」

近接攻撃に対してはまた防御方法が違うかもしれないから、こう警告しておく。

矢はとにかく数を撃った甲斐あって、奴の体の至る所に刺さっている。ただの属性矢では刺さった後にすぐ消えてしまうので、威力を落とす代わりに長時間残るようにしてあった。本来は光を付与して放ち、先が見えない場所で安全を確認するためのアーツらしいのだが、今回はこういう使い方をさせてもらった。

この矢のアーツに名前はない。魔王に変身中のみ使える、過去に失われたアーツであるらしく、使い方は分かったのだが、名前が出てこない。

ま、今はそんな事はどうでもいいか。便利な手段があるとだけはっきりしていればいい。

「ほぼ透明の敵とは、奇怪な奴もいるものよ。だが、矢の位置で場所が分かるのはありがたい！」

そう言ってボスに向けて刀を構える龍人さん達。しかしここで……

「マスター、ごめん……魔力切れ……」

ルエットが脱落し、指輪の中に戻る。彼女はここまで十二分に頑張ってくれた。ここから先はこちらで何とかするべきだろう。

しかし、弓との相性が悪いとなると、【真同化】を振るったほうが良いのか？　龍人さん達と一緒に戦いながら、その辺を見極めていこう。

龍人さん達が、目印代わりの矢を頼りに大太刀を振るう。

「目印となる矢は途切れないように放つ！　近接攻撃は頼む！」

「任せよ！」

　顔や前足など、注意すべき箇所や狙うべき箇所にしっかりと縫い付けるように矢を当てていく。数本当てて輪郭を表すようにしておけば、龍人さん達もやりやすいだろう。

　どうやら近接攻撃に対してはダメージの跳ね返りもないようであり、龍人さん達は爪による攻撃などを回避しながら大太刀で斬りつけ続けている。

　そんな攻防が五分ぐらい続いただろうか？　一人の龍人さんの大太刀が敵の顔面を見事に斬り裂いた瞬間……ガラスにヒビが入ったような音が響き渡り、ボスの透明化が強制解除された。

　黒と紫を混ぜたような色合いの鱗を持った、どデカいリザード。その顔には緑色の血がひと筋流れており、出血元は奴の左目であった。

（さっきのひと太刀が奴の片目を潰したのか。で、透明化を維持できなくなったって事は、奴の力は魔眼の一種か？）

　――この先にいる、蛇巫女と呼ばれていたあの人の目も、魔眼と思われる能力を持っていた。このボスリザードもその力の暴走を受けて変化したのなら、もしかすると……

「奴の目には何らかの力があるらしい！　現に左目が潰れたら透明化を維持できなくなった！　ならば、残っているもう片側の目を潰せば更に弱体化する可能性がある！」

自分の声に龍人さん達は「了解した！」とひと言応えると共に、目を狙って斬りつける人、それをフォローする人、他の箇所を攻撃して注意を引きつけようとする人、と役割を分担し始めた。

自分ももう目印となる矢を撃つ必要がなくなったので、龍人さん達の邪魔にならないように地と闇の属性を纏った矢で目や体を狙って妨害に協力する。

ボスリザードもそうはさせるかと、必死で残った目を守りながら爪による攻撃を行うが、その攻撃速度は遅い。更にその姿がはっきりと視認できるようになった今、龍人さん達はぎりぎりまで引きつけてから大太刀で受け流すように回避でき、そうして出来上がった隙を突いて幾つもの刀傷を与えている。

集中力がいる戦闘方法のはずだが、龍人さん達は決して音《ね》を上げない。そしてついに——一人の龍人さんの大太刀の切っ先が巨大な目に深々と突き刺さり、ボスリザードが大きな悲鳴を上げると同時に、今度はガラスの割れるような音が聞こえた。

「好機！　今が攻め時だ！」

龍人さん達のリーダー格が大声を発し、一斉攻撃を行おうとしたが、ボスリザードは痛みのためか、目に大太刀が突き刺さったままあちこち転がり回る。図体のデカさと転がる速度のせいで、むやみに近寄れなくなってしまった。

だからここは、弓がある自分の仕事だろう。そう考えて再び矢を番えた時、ふと考えた。

（最初に片目を潰したときに透明化が消えたのなら、今消えたのは何だ？　あの防御膜じゃないのか？　そして、あの膜で弱点属性をガードし、受けても大したダメージにならない属性だけは通すようにしていたとは考えられないか？　そうでなければ、魔王状態で放った属性矢をあれだけ受けても平然としていた事に対する説明がつかない）

ボスリザードが痛みを感じないとかの特殊な体質でない事は、今まさに痛みで転がり続けている姿を見れば分かる。なら、あとは射てみればはっきりする。転がってくれているおかげで近くに龍人さんはいないから、誤射の心配もない。

先程は無力化された属性である火と水と光の矢を一本ずつ番え、撃つ。

「ギョガラアアアガ!?」

効果あり。どころか、火の矢が刺さった部分はあっという間に鱗が溶解し、水の矢が刺さった部分は鱗がグズグズになり、光の矢が刺さった部分は徐々に穴が開いて血が零れ出している。やはりあの膜は、弱点属性のカバーに特化させた防御手段だったのだ。

「火、水、光の属性が通じるようになった！　これらの属性を纏った技が使える人は、積極的に使え！　奴が弱点とする属性だ！」

自分の言葉を聞いた途端、転がって暴れ回っている事など気にしないかのように、属性の付与されたアーツの乱打が始まった。

炎が走り、水がはじけ、光が穿つ。属性が通じるようになった途端、あれほどタフに見えた奴の体はあっという間に崩れ落ち始め、弱弱しくなっていく。

右前脚を炎を纏った大太刀が切り飛ばし、左前脚は水を纏った大太刀が木っ端みじんに吹き飛ばした。そして右後脚は自分が光の矢で穿ち抜いて切断した結果、残った左後脚一本ではもはや動く事すら満足にできない状態となった。

「たとえ魔物といえど、これ以上嬲《なぶ》るような真似はすまい」

龍人さんの一人がそう口にして、ボスリザードの首に光を纏った大太刀を振り下ろした。それは、これ以上苦痛を与え続けないための介錯《かいしゃく》だったのだろう。

首を落とされた少し後、ビクリビクリと小刻みに動いていたボスリザードの体が動きを止めてから消滅。ようやく終わったな。

自分は魔王変身を解除して普段の姿に戻る——と、残心を終えた龍人さん達が全員その場に倒れ込んだ。

「どうしたっ⁉」

まさか、毒か？　ならば急いで解毒しないと。ここのリザードの毒は危険すぎる。

そう思って毒消しのポーションを携えて近寄った自分に対し、うつ伏せ状態になっている龍人さんの一人が弱々しく手を上げる。

「ち、違う……毒ではない……今の戦いで気力を振り絞った結果、消耗し過ぎた我らではこの圧の前に立ち上がれぬだけだ……進め、貴殿がこの先で上手くやり、この圧を解除してくれれば動けるようになる……急げ、圧は今も確実に、かつ加速度的に強くなり続けている。早くせねば手遅れになる……」

ルエットは指輪の中に戻った後も自分を守ってくれていたようで、自分は特に圧力を感じないが、龍人さん達は限界を迎えてしまったらしい。

「申し訳ない、先に進みます。しばし、我慢してください」

自分の言葉に、龍人さん達が力なく頷く。

もう時間がない。もちろん、置いていく事にためらいがなかったわけじゃない。が、今は事件の解決を優先すべきだ。この部屋のリザードは間違いなく全滅させているから、しばらくは大丈夫だろうし……

上手くいけばこの圧は弱まるだろうから、結果は彼らにもすぐに分かるはずだ。

この先にあるあの人の部屋に、今回の事件の原因があるはず……急ごう。

8

階段を駆け下り、一本道を走り、久しぶりにあの部屋の扉の前までやってきた。しかし、すぐには突入できなかった……

その理由は、《危険察知》先生が中にいる存在について、敵対と非敵対の色がごちゃ混ぜになったマーカーを出している事。もう一つの理由は、むせかえるような血の匂いが部屋の外にまで漂ってきている事。この二つが、部屋に突入する事をためらわせた。

しかし、行かねばここに来た意味がないし、護衛の龍人さん達があんなにボロボロになってまでここまで自分を連れてきてくれた事も無駄にしてしまう。

なので、自分はゆっくりとドアノブに手をかけてそっと扉を開き——絶句した。

(なんだこれは!?)

目に入ってきたのは、あちこちに大量の血が付着している光景。新しい血溜まりも、かなり古いであろう血の跡も見受けられる。

鼻を刺激する強烈な血の匂いに吐き気を催《もよお》してしまうが、何とかこらえた。以前ここに来たときに見た家具のほとんどが、そうした血にまみれていた。

そして、下半身が蛇のような姿のあの人は……現在進行形で血を吐いていた。

「だ、大丈夫か⁉」

慌てて近寄り、反応を窺う。意識があるかどうかを確認しようと軽く体に触れるが、これが生きている者の体なのか⁉と驚くほどに冷たかった。

これは、もう、手遅れなのか？　そう自分が考えたとき、紅《くれない》に染まった着物が動いた。

「——来て、いただけたのですね。時間が、時間がありません。今から私は自分の左目をえぐり取ります。それを、呑み込んでいただけないでしょうか。どうか、どうかお願いします……」

いきなり猟奇的な事を頼まれてしまった……しかし、その行為に重要な意味があるのだろう。自分は即座に「分かりました」と返答し、覚悟を決める。

その後、自分に背を向けたあの人の肩越しに、生々しい音が聞こえてきた。そして自分に渡される目。

だが、それを見た自分の感想はというと。

(これ、目というよりはむしろ結晶じゃないか？　なんにせよ、これならまだ我慢できる)

軽く摘まんでみると、やはり硬い。とにかく、さっさと呑み込んでしまおう。

サイズがそこそこあって難しかったが、それでも何とか水代わりのポーションと一緒にごっくんとそれを呑み下した。

そしてそれから数秒後、お腹の中と左目が強烈な熱を持ち始めた。そのため、反射的に右手で左目を抑え、左手でお腹を押さえてしまう。それと同時に感じる、お腹から何かが出て行こうともがいている感覚。

(きっと、この出て行こうとする感覚と戦わねばならないんだろう。吐き出してしまったら、多分アウトだ)

直感がそう告げるし、展開から考えてもそれは間違っていないはずである。どれくらいの間この感覚と戦わねばならないのか分からないが、負けるわけにはいかない。

両目を強くつぶり、歯を強く食いしばり、お腹を押さえて、ひたすら冷や汗を噴き出しながら耐える。

後から調べたら、それは時間にして六分ぐらいに過ぎなかった。我慢している最中は途轍《とてつ》もなく長く感じたのだが——

やがて、お腹の中から出て行こうとする感覚が収まり始めるのとほぼ同時に、目とお腹を支配していた熱も一気に引いていった。どうやら、終わったか?

(何がどうなったのか分からないが、ひとまず左目は今まで通り見えているな。利き目である左目が潰れたら困ったところだった……さて、これで何が変わったんだ?)

左目の具合を確認した後、改めて周囲を見渡してみる。

ひと言で言えば、どこのホラー映画だ？というくらいに家具が血まみれ。もちろん足下も血でびったびた。正直に言う、この状況下でここに長居したくない。一刻も早く外に出て新鮮な空気を吸いたい。ＶＲだけど！

でも、そういうわけにもいかないんだろうなぁ。目の前には、血こそ吐かなくなったが奇麗な着物が紅一色に染まっているあの方がいるもんなぁ。

改めて様子を窺うが、どうやら気絶しているだけで、体温も戻りつつあるようだ。これならば今すぐ死ぬって事はないだろう。

（しかし、こんな場所で目覚めを待つってのもなぁ。血の匂いがひどいし……やむを得ない、怒られる事を覚悟で、この人も外に連れて行こう。確か転移する魔法陣がこっちにあったはず――）

上半身を背負って……蛇のような下半身は長くて持ち上げられないので、引きずる形になってしまった。

記憶通りに見つかった転移の魔法陣の力で外に出ると、心地よい風が自分の頬を撫《な》でてくれた。その風に安堵《あんど》してそのまま力が抜けてしまいそうになるが、ぐっとこらえて、背負っているあの人をそっと草むらに下ろしてから、その近くに座り込んで息を大きく一つ吐く。

（マスター、私はまたしばらく完全に寝るね。変な圧力も霧散したからもうだいじょーぶみたいだ

し。じゃ、おやすみー）

――そんなやや幼年化した口調の念話が指輪から聞こえてきたかと思うと、すぐに反応が消えた。ルエットがそう言うなら、とりあえずはひと安心か。労いの感情を込めて、指輪を撫でる。

さて、圧力がなくなったのなら、護衛の龍人さん達も立ち直れたはずだが……おっと、早いな。もう出口の近くまで来ているようだ。なら、出てくるまでここで休憩していよう。モンスターも近くにはいないし、問題はない。

「――ううん……」

お、こちらも気がついたか。日の光の下だと血まみれなのがはっきり見えるので余計怖いんだけど、体を清めさせる方法もなかったからなぁ。勝手に人の服を脱がすのは、犯罪だとかいう前にやりたくないよ。色々と気まずい事になるし。

「ここは――私は――」

まだ意識がはっきりしないのか、周囲をきょろきょろと見渡すあの人。蛇巫女さんはここにいる理由が分からないだろうし、とりあえず簡単に説明するか。

「あの場所は血まみれになっていて話をするのには無理があると判断しまして、勝手ながら外に連れ出させていただきました。お体は大丈夫でしょうか？」

自分の声で意識がはっきりしたのか、こっちにしっかりと顔を向けるあの人。その目を封じていた包帯のような物は、血に染まった事もあってすっかりボロボロとなっており、おそらく封印の役目は今や全く果たしていないだろう。

特に、先程自らくり抜いた左目辺りはより一層どす黒い赤に染まっており、夜外で出会ったらもう絶叫ものだろう。こうやって日の光の下で見るのさえ、かなりの恐怖を誘うのだから。

「ああ、貴方様は――この感じからすると、危ういところではありましたが何とか間に合ってくださったようです。まずは感謝を、貴方様のおかげで私は怪物になる未来から逃げ出す事ができました」

その言葉と共に、頭を下げられた。そうか、《危険察知》先生の反応があんなあやふやだったのは、怪物になる途中だったからか。今、念のため確認してみてもおかしい所は一切なく、反応は非敵対存在で安定していた。

「とりあえず、知り合いを通じて受け取った手紙でここに駆けつけましたが……今回の件は分からない事だらけなのです。もちろんむやみに話を広めないと誓いますので、今回の一件に関わった人にのみ、どうしてこんな展開になってしまったのかを教えていただくわけには参りませんか？」

自分の言葉が終わったのとほぼ同時に、洞窟から護衛の龍人さん達が誰一人欠ける事なく脱出してくる。よかった、無事だったか。自分が手を振ると、向こうも手を振りながら近づいてくる。そして、がっちりと握手を交わした。

なんにせよ、ひとまず危機は去った。そう見ていいだろう。

「――全ては、私の未熟な精神が原因となって引き起こした事なのです」

そんな前置きの後に話は始まった。

それは、彼女の下半身が蛇のような形になってしまい、周囲から虐《いじ》めを受けてついに堪忍袋《かんにんぶくろ》の緒《お》が切れたときに遡《さかのぼ》る。

「あのとき、私は無意識に怒りと憎しみの衝動で心を埋め尽くしてしまい、虐めを行っていた者達を攻撃してしまいました。その直後に私は冷静さを取り戻しましたが……間違いなく恐れられる事になるだろうという事は、幼なかった私でも十分分かりました。ですので、最小限の物だけを持って、私は姿を隠しました。この洞窟も当時はあのような魔物は棲みついておらず、無事に奥まで辿り着く事ができました。その後は、時間をかけて少しずつ住みやすい環境に変えていったのです」

そして彼女は洞窟の奥で静かに日々を過ごしていた。が、虐めを受けた事への怒り、憎しみ、悲しみといった負の感情は、そのような穏やかな日々に身を置いてなお、常に心の奥底から消えなかった。

それら負の感情は、時間を経るごとに力をつけて、徐々に別の人格のように動き出したという。

「その力は強くなる一方で、ついには私のこの目を侵食するほどになりました。もちろん私はそれに抵抗しました。いつまでも恨《うら》み辛《つら》みを持ち続けても仕方がない、それに今生きている人達は虐めを行った者達とは関係がないのだからと。しかし、私の抵抗を受けてなお、負の感情が私の目に対する侵食を止める事はありませんでした。やがて右目が完全に侵食されてしまい、私の心には常に強い破壊衝動が巣食うようになってしまったのです」

以前会ったときは穏やかだったのだがなぁ。まさか、自分があの場所にやってきたからなのか？と、そんな事を自分が考えたのを見抜いたのか、話が続く。

「念のために申し上げておきますが、貴方様の責《せき》ではございません。むしろあのとき貴方様と会話をしたおかげで、しばらくの間持った、と言うべきでしょうね。初めて出会った化け物のような容姿をした年寄りに、敵意を持たずに話をしてくださった。その事があのときの私の心をどれだけ落ち着かせたか。あの時の出会いがなければ、今頃私は間違いなく二が武を破壊し尽くし、討伐対象の化け物に身を変えていたでしょう」

そうか、自分が悪影響を与えたのではないというのならば良かった。

「少々脱線しましたが……続けます。右目を侵食した、もはや狂気となった感情は、容赦なく左目の侵食も始めました。私は化け物になりたくない一心でこれに抗《あらが》いました。しかし、抗うごとに狂気は私に吐血を強い、そうして抵抗が緩んだ隙に侵食を繰り返しました。もはや猶予はないと考えた私は、これ以上の状況の悪化を止めるべく、自決を図りました。ですが、狂気はそれすら私に許しませんでした。私が刃物を握り、喉や腕を掻っ切ろうとすると、体を金縛りにしたのです。すでにそれだけの力を、狂気は身に付けてしまっていたのです」

ちょっと待て、そうなると、左目を自分に呑み込ませた今の彼女は狂気に支配されているはず。なのになぜこれだけ落ち着いているのだろう？

でも、質問は最後にしよう。この後の話でその謎も説明されるのかも。

「自決すら封じられた私は、最後の足掻《あが》きに出ました。かつて一度この洞窟を訪れて話を聞いてくださった砂龍様を、恐れ多い事ではありますが呼び出させていただき、貴方様に宛てた文を渡してほしいと願ったのです。そうして、今日貴方様が来てくださった……かいつまめば、このような流れになります」

だから、砂龍師匠が自分に手紙を持ってきてくれたのか。だが、なぜ自分の左目を自分に呑み下させたのかという点はまだ分からない。

「貴方様を選んだ理由は、『龍人ではない事』『力を手にしても暴走しない事』『私と面識がある事』という三つの条件を満たせるのが貴方様だけだったからです。これらについても一つずつ説明しましょう。まず、龍人にこの私の目を呑ませますと、力が増幅します。それだけなら良いのですが、増幅した力はやがてその龍人を食い破って殺してしまいます。その後は再び私の目に戻ってくるのだと、狂気に侵食され切る前の右目が教えてくれました。故に、龍人以外でないといけなかったのです」

　ふむ、未来視に近いような能力もあったのかね？

「二つ目の、暴走しない事——これは単純です。力を手にした人が暴走する事になればとり返しがつきません。ですから、この条件も外せません」

　まあそりゃそうだな、力を手にした人が暴走したら被害が広がるだけだって、誰だって分かる事だ。この条件は当然と言えるだろう。

「三つ目の、私との面識がある事。これは私の姿を見て斬りかかってくるような事態を防ぐためでした。万が一私が殺されますと、侵食が一気に左目をも食いつくした後で化け物となって蘇生し、ひたすら暴れ回り、殺し回るだけの存在が世に解き放たれる事になっていたでしょう。そういうわけで、この三つの条件を満たせる貴方様に私の左目を呑んでいただきました。この目は左右が揃っていなければ、本来の力を発揮できませんので……」

　両目が揃っている事が必要になるのか。だから片方の目を何とかして潰せば、バケモノになる事はない、と。

「左目をくり抜いて目を揃えないようにする事は、事前に何度も試しました。しかし、ダメなのです。くり抜いた眼を燃やそうが凍らせようが、土に埋めようが戻ってきてしまうのです。ですので、誰かに呑み込んでいただくしか方法が思いつかなかったのです」

さらっと言うけど、自分の左目を何度もくり抜くってすごく怖いからね⁉　もう感覚がマヒしてたんだろうな。

「お、お待ちくだされ！　お話を伺うに、こちらのアース殿に左目を呑ませたとか。そうなりますと、今貴女に残されている右目は狂気に侵されているはず。お体は大丈夫なのですか⁉」

と、ここで龍人さんの一人から質問が飛んだ。うん、良い質問だと思う。自分もそこは気になっていた。

「ご安心を、この右目にはもうそこまでの力はありません。貴方様……アース様と仰るのですね。アース様に呑んでいただいた左目に、力の大半を移しておきましたから。狂気と力はまだ完全に融合しきっていませんでしたし……それに、幸いながら私の持っていた力が強く宿っていたのは左目のほうでして。だから狂気は左目の侵食を行う下準備としてまず右目を侵食したのでしょうし、私が狂気に対して長い時間足掻き続けられた理由の一つでもあります」

未だ右目に狂気はあれど、もう暴れるだけの力はないって事かね？　導火線に火はついたが、その先にある爆弾の中にたっぷり詰まっていた火薬は抜き取られてる、みたいな感じでいいのか？確かにそれなら導火線が燃え尽きても、爆発はしない。

でも、狂気が残っているってのは相当マズい。今は一時的に落ち着いているだけで、もう少ししたら自我を失って暴れ出すとかは勘弁願うよ⁉　せっかく窮地から助け出したのに、そんな後味悪すぎる結末は避けたい。

「その狂気が収まるかどうかは分かりませぬが——アース殿もご存じであるし、貴女を虐めた者の辿った顛末《てんまつ》を教えようと思うのだが、如何《いかが》か？」

この護衛の龍人さんの話を、あの方は受けた。

そして語られる、虐めた者達が短命に終わったという事実。更に、彼らがもうけた子供も全て数年以内に息を引き取った事を知った途端、紅に染まった包帯の隙間から涙が溢れた。

「そうでしたか、そうでしたか……もはや、みな故人なのですね。ならば、これ以上恨んでも、憎んでも仕方がありませんね……本当の意味で、やっと折り合いがつけられるかもしれません」

そうして声を殺して泣くあの方。その心境はいかほどであろうか……そんな姿を、自分と龍人の皆さんは静かに見守った。

この人がこれだけ長く恨み辛みを持ち続けた事を、自分は否定しない。

なぜなら虐められた側が、簡単には消えない心の傷と一緒に辛い記憶と感情を持ち続ける事は、珍しくもなんともないからだ。

大人になってから、虐めた側が謝りたいなんて言い出す事もあるが、個人的には嫌いな話だ。そんなの、虐めた側がすっきりしたいだけだろうに。

「しかし、これからどうしたものでしょうか。元いたあの場所はもはや血で汚れきって使えませんし、この姿では迂闊《うかつ》に人前に姿を晒すわけにも参りません」

泣き終えると、今後の身の振り方はどうしようかと悩み出すあの方。しかし、自分には隠れ住む事ができるような場所に心当たりがない。龍の国で蛇巫女の祟《たた》りの話は有名すぎるから、彼女が街に入れば大騒ぎになるだろう。

一体どうしたものか――

「何にせよ、そのようなお姿では良い考えも浮かびますまい。ひとまず奉行所に来られてはいかがか。籠《かご》を用意し、周囲に見えぬように移動なされば、問題はなかろう」

龍人さんの一人がそう提案し、他に代案もなかったので、ひとまずはそうする事になった。

ここにいる龍人さんのうち、特に足の速い人が奉行所に先に戻って事情を説明し、籠をこちらに寄越す手筈に決まり、早速行動を開始する。

奉行所の誰かが、どこか彼女にとって良い場所を知っていればよいのだが。

運営は）緊急イベント発生告知＆攻略掲示板 No.122（常に意地悪な存在だと知れ

541：名無しの冒険者 ID：EFef2wdwn
二が武の街がおかしいの、突然終わっちゃった⁉

542：名無しの冒険者 ID：Ireys2gfE
終わっちゃったな
街全体に漂ってた変な圧迫感というか重量感というか、
そういう感じが一気に薄れてきてる
原因が排除されたと見てよさそう。くっそ、辿り着けなかったぜ

543：名無しの冒険者 ID：WFqf52F07
大半のプレイヤーが地底世界にいるときに、
こんなイベント発生させるなやー！
知り合いに声かけても地下からやって来るのに時間がかかるって話で、
そして終わってしまうというね

544：名無しの冒険者 ID：HGRag5fVe
唯一の救いは、街の人達が落ち着き始めたって事
子供や老人は、かなりやばい状況になっているところが結構あった

545：名無しの冒険者 ID：EFASaef5f
あー、この異常状態に特に苦しんでたもんな……
長引いてたら間違いなく死者が出ただろう
そうならなかったのは良い事だが、やっぱりイベントに参加したかったよ

546：名無しの冒険者 ID：DAFweaf7w
誰だろクリアしたの？
誰か、今回の異常の発生原因見つけたーって人、知ってる？

547：名無しの冒険者 ID：jt5iierfe
　さっぱり。ぶっちゃけ突然すぎる終わりでなにがなにやら
　念のため公式サイトとかも見に行ったけど、これといって情報はなし

548：名無しの冒険者 ID：7opREYT2w
　街の異常が解決されてほっとしてる自分と、
　何にも関われずに終わってしまって悔しがっている自分がいる

549：名無しの冒険者 ID：Ef2hgWEdf
　書き込んでる面子はみんなそうじゃね？
　俺も悔しいぜ、得られるアイテムとかはどうでもいいが参加はしたかった

550：名無しの冒険者 ID：EAWeqwd1w
　アイテムはどうでもいい、ねえ？　素直になりなよ
　どんなレアアイテム……もしくは能力を貰えるか期待してたんだろう？
『ワンモア』の突発イベントは、かなりのレアものを
　ゲットできる可能性が高いから

551：名無しの冒険者 ID：Efeafg2we
　そうだな、549は素直になるべき
　恥ずかしい事じゃないだろ？
　人も助かる、自分も儲かる。悪い事じゃないんだからさ

552：名無しの冒険者 ID：geeg56d0v
　特に街がこんな状態になったからね
　今回のクリア報酬はかなりデカかったんじゃないかな～

553：名無しの冒険者 ID：k52refEeV
　過去の例から考えると、今回の規模なら十中八九、
　凄いレア装備か限定能力が報酬だっただろうな

554：名無しの冒険者 ID：RGreg5wc1
だから、二が武に集まってた連中は血眼になって
クリア条件を探してたんじゃないか
こういう突発イベントクリアに特化したギルドが四つくらい
街中を走り回ってたの見たよ

555：名無しの冒険者 ID：HRHGE5ew7
考える事はみんな大差ないか
まあもちろん、街の人を助けてあげたいって側面はあっただろうけどね

556：名無しの冒険者 ID：Ef2hgWEdf
いや、俺は一緒にせんでくれ
二が武に知り合いがいるんだよ、三人の息子を育ててる龍人のお母さんが
そのお母さんが子供の苦しんでる姿を見て、辛そうにしてたんだよ
ほっとけるか？　ほっとけないだろうが

557：名無しの冒険者 ID：4f65dcWv4
あら、意外な理由

558：名無しの冒険者 ID：ERsfaerwf
なんだ、未亡人に惚れてるからかよ……
それじゃあアイテム云々言ってらんねえよなあ～（ニヤニヤ

559：名無しの冒険者 ID：GBRar5fWe
ああ、このスケベが。エロで世界を救うつもりか

560：名無しの冒険者 ID：EDEF2vWE9
なんでそうなるんだよｗ　純粋な気持ちからかもしれないだろうが……
まあその可能性はあんまりないとは思うけどな？
龍人さんって大和撫子って感じの美人が結構いるもんな～？

561：名無しの冒険者 ID：Ef2hgWEdf
寄ってたかってひでえよ
でもなんにせよ、危機は去ったようで何よりだ

562：名無しの冒険者 ID：Fqwfde12w
まあそんな危ない奴は置いといて……

結局、ここにいる人全員、クリア条件を何一つ掴めなかったって事でＯＫ？
悔しいけど

563：名無しの冒険者 ID：HTTRds5dw
あー、そうなるんじゃね？

ただ、少し前に黒い外套を着たプレイヤー（？）と、
武装した龍人が数名北に向かってたけど……関係あるか？

564：名無しの冒険者 ID：GFEef5xcw
ない、とは言えないな
でも結構前から武装した龍人さん達……多分奉行所の人だと思うんだけど、
あちこち出入りしてたからなぁ
それが原因を突き止めた一団だとは言い切れない

565：名無しの冒険者 ID：2wd5dW2fb
奉行所も、何でもいいから情報を持っているなら教えてほしい
金子をはじめ報奨を出すって言ってたもんね
あそこもかなり焦ってた

566：名無しの冒険者 ID：Efgf52fee
そら街中で原因不明の圧力がかかって、
多くの街の人々の命が危険にさらされているとなれば、焦らない訳がない

567：名無しの冒険者 ID：Oliy52trV
　そして、何もわからないまま終わっちゃったけどね
　まあよくある事ではあるんだけど……
　掲示板でクエストの詳細と報酬の発表をする人ってあんまりいないし

568：名無しの冒険者 ID：regasegr2
　勘違いした馬鹿が付きまとったりする事があったからだろ
　何が『クエストの情報は皆で全て分かち合うべき』だよ
　解決のキーとなる情報を手に入れられるかどうかは
　そいつの努力次第って事が分かってねえ
　情報ってのは、価値があるもんなんだぜ？

569：名無しの冒険者 ID：hrag12fVw
　ま、そこらへんを理解しない人は一生理解しないからね
　聞けばどんな情報でもただで手に入ると信じている人って本当に面倒くさい

570：名無しの冒険者 ID：RHre5rFAZ
　何で情報屋って職業が存在しているのか、全く分かってないんだろーなー

571：名無しの冒険者 ID：RFGfwega5
　まあ、解決した事自体は喜ばしいよ
　今回の一件は、下手したら二が武って街が消失してた可能性もあったんだし

572：名無しの冒険者 ID：Irtd2geG
　そこは同意。街の人に死んでもらいたいなんて、全然考えてないし

573：名無しの冒険者 ID：TDHghtrd2
　考えていたらやべーけどな
　この世界の住人は一定時間で復活するとか一切なくて、
　本当に消えちゃうもんな

574：名無しの冒険者 ID：IgbHtrt63
ま、二が武の一件はこれでお終いだな
次はエルフの森でなんか起きてるんだっけ？

575：名無しの冒険者 ID：WREFfewa3
なんか、歌が聞こえてくるだっけか？
でも悲痛な感じはしないらしいから、
生死に関わるヤバい系のクエストではねーと思うけど

576：名無しの冒険者 ID：EFewda33w
たまーに聞こえてくるんだよな
陽気な感じがするから、少なくとも鬱展開じゃないと思う

577：名無しの冒険者 ID：Brbr2fBhw
なんにせよ、次はそっちだ！　クリア報酬は俺が頂くぜ

578：名無しの冒険者 ID：ERSAFesa1
そうは問屋が卸さねえ！　現場に急行だっ！！

9

「此度《こたび》の一件の解決、実に見事であった！」

籠を呼んでもらって、全員で何とか無事に街に帰還。そのまま奉行所へ行って、お奉行様に今回の顛末を全て話し、お褒《ほ》めの言葉を直々に頂いた。

「お奉行様、あの方を今後どうするおつもりでしょうか？」

狙って引き起こした事ではないとはいえ、今回の一件はあの人にとって色々とマズい点が多すぎる。街に与えてしまった影響を考えると、普通は打ち首獄門《ごくもん》でもおかしくない話なのだ。

もしそういった方法で話で進んでいるとしたら、自分は今回の報酬として、あの人の助命を願い出るつもりでいた。せっかく苦労して助けたというのに、処刑だなんて終わり方では嫌だからな。

「――街に与えた影響を鑑《かんが》みて、無罪放免とはいかぬ。が、本人が悪意を持ってやった事ではない事。取り巻く環境。何より種を蒔《ま》いたのは街のほうである事を踏まえ、寿命を迎えるまで奉行所の中で静かに暮らして頂くという形になる。これは、本人も了承しておる」

そうか、それならまあいいか。奉行所の監視下に置かれるとはいえ、孤独ではないのだから、思いつめるような事はないだろう。色々な会話をして、少しでも心が解きほぐされてくれれば、良い方向に進んでくれると信じたい。

「それであれば、こちらとしても納得できます。もし打ち首になる予定であったのならば、異議を申し立てるつもりでしたが」

自分の言葉に、少し笑みを浮かべるお奉行様。さて、どういう風にとったのかは分からないが……まあ、悪い印象は持たれなかったと思う。

「今日のところは宿に戻り、体を癒すがよい。次にお主が来るまでに、こちらも報酬を用意しておくのでな。ご苦労であった」

お奉行様の言葉に自分は頭を下げ、奉行所を後にした。

今日はこのまま宿に入ってログアウトかなー、って、宿屋をとってないじゃないか。うーん、二が武の宿屋と言えばあそこなんだけど……いきなり行っても大丈夫かな？　まあ行くだけ行って、ダメと言われれば他を当たろう。

そんな考えで、いつもお世話になっている、かつてカザミネが惚《ほ》れた女将《おかみ》さんのいる宿に足を運んでみた。

「問題ございません。部屋は空いておりますので、どうぞこちらへ」

大丈夫でした。なので お世話になる事にする。

この日は風呂に入ってリラックスした後、とってもらった部屋でログアウト。リアルでもすぐに布団に入って就寝――

そして翌日。いつも通りに出社し、仕事をし、帰ってきて家事を済ませたら、再びログインした。

「あら、おはようございます」

泊まった部屋から出ると、女将さんに挨拶された。こちらも挨拶を返し、用意されていた食事をいただいたら宿を出て奉行所へ向かう。

街は落ち着きを取り戻したようで、あちこちから商売人の元気な声や遊ぶ子供達の声が聞こえてくる。うんうん、街というのはこう賑やかでなければな。

街がいつも通りの顔である事に安堵しながら、奉行所の門をくぐる。奉行所側も自分の事を待っていたようで、すぐに奥へ通された。

「来てくれたな。お主のおかげで街には活気が戻り、臥《ふ》せっていた者も皆立ち上がれるようになった。また、色々な情報をすり合わせた結果、かなり危うい状況下から街を救ってくれた事も分かった。よってお前に渡す報奨は――まず金子《きんす》が四〇〇万グロー。それと、この特別な防刃着を譲ろう。本来は奉行所の者にしか使わせない決まりだが、お主ならば構わないという事になった。見ての通り、この防刃着は薄いので、鎧の下に着込むのもたやすいはずだ。だが、こんな外見でも刃に対する防御能力は高いからな、使ってくれ」

との事で、お金と防刃着を受け取った。防刃着の見た目は、薄い青色のTシャツみたいな感じ。
肝心の能力を確認すると——

ITEM

【龍人の防刃着（アース限定特別許諾仕様）】

上半身を刃から護る。鎧やクロースの下に着込む装備であり、重量ペナルティは一切ない。

龍人の中でも、街の人々を守る奉行所に勤める者にしか着用を許されない特殊防具。

許可なくこれを所持する事、装備する事は龍の国においては重罪となり、
もしこれを拾った場合は速やかに奉行所に届け出なければならない。

効果：防御力《Def》＋15
特殊効果：刃の付いた武器からの攻撃に対してはＤｅｆ＋３００が追加される。

　対応する武器は、短剣、剣、スネークソード、騎士剣、大太刀、斧、槍、矢。

ただし、格闘武器などの打撃を主とする装備であっても、
　爪などの刃が付いた武器であれば防御力追加が対応する。

製作評価：10

なるほど、確かにこれは刃から身を守るのに特化した防刃着だ。で、奉行所の皆さんはこれを装備している、と。この防刃着を下に着ているのであれば、軽装でも大半の武器の威力を大きく減衰させられるから安心だ。これだけ強力だから、違法所持は罪になるんだな。

もしこいつの存在を悪党プレイヤーが知ったら、装備欲しさに奉行所に勤めている龍人さんを襲うかもしれない。そういう意味でも内緒にしておかないといけない装備だな。また一つ、他の人には話せない秘密が増えてしまった。

「それともう一つ、お主に伝えておく事がある。おい、例の場所に案内してやってくれ」

「はっ、こちらになります」

と、お奉行様から呼び出された人についていくと——ある部屋に案内され、その中にはあの人がいた。血まみれだった体は清められ、蒼《あお》いアジサイが描かれた着物を身に纏っている。そして何より、目を覆っていた包帯を完全に取り払い、残った目を表に出していた。

「お待ちしておりました。改めて感謝を……貴方様が来てくださったおかげでこの私、蒼杯《あおつき》は化け物にならずに済みました。初めて出会ったときは忘れてくださいと言っておきながら、窮地に頼ってしまった愚か者ではございますが……助けてくださった貴方様にせめてもの贈り物をさせていただきたく、来ていただいた次第でございます」

名前をどう書くのかが分からなかったので、紙に書いてもらった。霜点《そうてん》さんという前例もあるし。

ああ、彼女の名前はそう書くのか……って読めないよ、『あおつき』って。これだけ見たら、何て読むのか首をかしげる事間違いなしだ。

「差し上げるのは、魔眼の能力の一部です。先に申し上げておきますと、魔眼の能力は増えれば増えるほど強力になりますが、その分制御も難しくなり、今回の私のような暴走を引き起こす可能性が上がります。ですので、貴方様との相性が良く、意識せずとも制御できる能力のみとさせていただきます。貴方様が化け物となった姿など、私は見たくも考えたくもありません。前置きが長くなりましたが……貴方様の左目は、私の左目を呑み込んだ影響で魔眼になりかけている状態です。あとは私が指向性を決めることで、魔眼として使えるようになります」

えっ、左目が魔眼になっちゃうの⁉　なんとなく、トンデモ能力になりそうな気が。

そうして蒼杯さんが自分の左目に手をかざし、一言二言呟くと、左目がかすかに熱を持った。これで魔眼になったたって事かね？

「貴方様の魔眼は……貴方様と周囲にいる友のよろしくない状態を吸収して力を蓄積し、一発の弾として撃ち出す……というもののようですね。ただし、撃ち出すためには大量の悪い状態を吸い上げねばならず、威力も……大きくはないようです。ただ、突き飛ばす能力は高いようですので、普段は温存しておいて本当に危険なときに放つ、という使い方になるのではないでしょうか？」

いやいや、状態異常を吸収できるって時点で大きな価値がありますから！　吸収しちゃえば当然、状態異常にかかっていた人を回復できるわけで……大当たりな能力だ。その副産物として撃つ事ができる弾は、一回だけ敵を吹き飛ばして仕切り直せる最終手段になるんだろう？　こちらも十分ありがたい。これから先の戦いには魅了能力を持つ連中が待ち構えているわけだから、状態異常は吸い放題だろうし。

鏡を持ってきてもらって左目を確認してみたが、外見に変わりはないようだ。これなら魔眼所有者だとはそうそう思われないだろう。

蒼杯さんはやるべき事を全て終えたようで、自分の左目にかざしていた手をそっと下げて言った。

「貴方様のおかげで、私はこうして再び日の当たる場所に出てくる事ができました……本当にありがとうございます。そのお礼がこれぐらいしかできませんが……かすかに残った私の目の力が、この先もっと辛い戦いが貴方様を待っていると伝えています。さし上げた魔眼がその戦いの助けになる事を、そしてその戦いに武運がある事を、ここでお祈りいたしております」

残った美しい右目で自分を見据えながら、蒼杯さんはそう言い終えた後に自分に向かって深く頭を下げた。自分からも、蒼杯さんへのお礼と今後の幸せを願う言葉を口にして、部屋から失礼させてもらい、そのまま奉行所から外に出ていく。

そして奉行所の門をくぐった先には、砂龍さんと雨龍さんの師匠ズが待っていた。

雨龍さんが自分に頷きかけ、声をかけてくれる。

「どうやら、見事に助けたようじゃの。我らは今回の件に関しては力になれなかったからのう……蒼杯が暴れ出したら力で止めるくらいしか出番はなかった。その悲惨な結末を蹴飛ばしてくれたアースには感謝しておる。さて、アースよ。ついに神龍様とのお目通りが叶う時が来た。我の手を握るがよい、連れていってやろう」

そうか、やっと目的が果たせる時が来たか。何としても、自分にとって最高の弓を完成させるために神龍様の鱗を譲っていただかないといけない。おそらく何らかのお題が出されるだろうから、それを突破しないとな。

覚悟を決めて差し出された雨龍さんの手を取った直後、転移が発動する。

さあ、気を引き締めていこうじゃないか。

10

飛ばされた先は――龍城の入り口地点だった。ここから門を通過すれば外に出られるな。
「関係者各位に全ての話が通っておる。アースは『龍の儀式』が行われた場所に向かえばよいだけ

「じゃ……場所は忘れておらぬな？」

もちろん覚えている。何回も入ったからなぁ、あそこには。今回は話し合いで終わってくれればいいが、さてどうなるか。

師匠ズに「行ってきます」と頭を下げてから、目的地に向かう。

さて、今日は……おや、結構並んでるな。「龍の儀式」が行われる場所に並んでいるのはプレイヤーだけじゃなく、龍人もかなり多い。これは順番が来るまでしばらくかかりそうだ。

そう思いながら列の最後に並ぼうとしたところ、近くにいた龍人さんに呼び止められた。

「アース殿ですね？　話は上のほうから伺っております。こちらへどうぞ」

と、案内された。

すると、列に並んでいる人達からけっこう厳しめな視線が飛んでくる——

「ちょっと待ってください、なんでその人は特別扱いを受けているんですか？」

プレイヤーの一人からそんな質問が投げかけられる。まあ、もっともな質問だ。先に待っていた自分達を差し置いて、その横をさっさと通り抜ける人が現れれば、疑問を抱くのは当然だろう。

「ああ、この方は龍の儀式とは別件で来られたからです。むしろこちらの準備が整うまでの間、かなり長い時間待たせてしまっておりますので。入り口も、『龍の儀式』をお受けになる皆さまとは別になります」

自分を呼び止めてくれた龍人さんからは、そんな説明がされる。そういう理由ならまあ分かる、という空気が漂ってくれたので自分もホッとした。

ちょっとでも気に入らないと、掲示板の匿名性を利用してある事ない事触れ回って突き上げてくる人ってのは、どうしてもいるからなぁ。地底世界で魔王様の遺体を探しているときに襲ってきて、上手くいかなかったら掲示板でこっちの嘘の悪評を書いた四人組のような連中の事だな。

そういえば、あいつらはあれからどうなったんだろ？　あとで魔王様の側近の誰かに聞いてみるか。そろそろ何らかの結末を迎えている頃合いだろ。

「ありがとうございます」

「いえいえ、お待たせしてしまっているのは事実でしたから」

案内してくれている龍人さんに小声でお礼を言って頭を下げると、龍人さんからも小さな声で返答が。

なんにせよ、ここで並んでいる人とごちゃごちゃ揉めるような展開は御免蒙る。これから龍神様という国の神と話し合うわけだから、少しでも心を落ち着けた状態で臨みたい。どんな状況でも冷静に、なんて言うのはたやすいが、やるのは難しいのだ。どれだけ歳を重ねようと。

「こちらになります。ご武運を」

案内してくれた龍人さんの指示に従い、龍神様のいる空間へと入る。ご武運を、というひと言が気になるが――話し合いの事も論戦と言うからな。そういう意味での武運を祈ってくれたのかもしれない。

中に入れば、久々に見る一列に並んだ無数の鳥居。その下をくぐる事で、あの場所へと辿り着く。

そこに待っていたのは……二匹の龍だった。ただし、サイズが特大で、顔と多少の胴体しか見えない。片方の龍は全体的に緑色を主体とした感じだが、もう片方は体全体が派手な金色に輝いている。前者は神龍様、後者は黄龍様で間違いないな。

『よくぞ来た、困難に抗い続ける人族よ。今回は話が話ゆえ、神龍である私自らお前と直接話をしよう。それと、ここにいるもう一匹の龍は黄龍《こうりゅう》の真の姿だ。もっとも、これだけ鬱陶《うっとう》しいほどに金色に輝いていればすぐに想像がついたとは思うがな』

『鬱陶しいとはひどいだろう。我は生まれたときからこの輝く鱗を持っていた、それだけのことだろう。この美しい鱗に嫉妬《しっと》するとは、神龍もまだまだだな。無駄に歳を重ねただけか？』

アレ？　なんだか二匹の龍のどでかい顔の間に火花が散ったんですが。物理的に……しかもかなり大きかったような？　まさか、ここで喧嘩勃発《けんかぼっぱつ》とかやめてくださいよ？　巻き込まれたら自分なんか一瞬で塵《ちり》になりますがな。

『ふん、鱗だけではなく目も角も全てが金色など悪趣味だと思っただけだ。黄金の輝きが美しい事は否定せぬが、それ一色では品がない。時には輝きを、時には侘《わ》び寂《さ》びを楽しむ。それが粋《いき》というものだ。さて、今日はこの者が長い時間をかけて我と話をしに来たのだから、邪魔をしないでもらおうか』

『邪魔などせぬよ、だがな……そこの人族は我の力の一端を分け与えた、いわば家族よ。お前の立場も理解はしておるが、我が家族に理不尽な条件を突きつけた場合は、相応の痛い目にあってもらわねばこちらの腹が収まらぬのでな。それを知るためには現場にいたほうが早かろう？　なあに、お前が貧乏くさいやり方で我が家族を困らせねばよい事よ』

グン、とこの場の空気が冷えた。黄龍様、家族と言っていただけるのはありがたいのですがね……挑発はやめてくださーい！

『貧乏くさいとは何事か！　今回はこの者が我が鱗を欲していると聞いている！　私やお前の本体から取った鱗は、一枚でも大きな力を秘めておる！　それを変な形で使われてみろ、取り返しがつかぬ惨事を引き起こしかねんのだぞ！　故に当人と直接話をして、本当に預けても構わぬか最終確認を取る事は我の義務であろうが！　何も考えずにホイホイと与えるような無責任極まる行動は、神としてできぬ！』

あー、なるほど。これは正しい。大きな力を秘めた物をポンポン世界にふりまいちゃったら……悪人の手に渡ったときは言うまでもないが、未熟な人が無理にその力を使おうとして大惨事を引き起こす事もあるだろうな。

例えばだ、街にモンスターが数匹押し寄せてきたとしよう。正しく力を使える人間なら、周囲への被害を最小限に抑えて必要なだけの火力で倒すだろう。

しかし、これが未熟な人間となると……どれぐらいの力を出せばいいか加減が分からないから全力で攻撃を行う。そうしてモンスターを倒せはしても、周囲への被害が甚大だったりする。そんなケースは容易に起こり得るものだ。

『我が家族を信用できぬと言うのか？　それが喧嘩の大安売りならば全力で買い占めてやるぞ！　我が家族はそこらへんの見極めは間違わぬ！　現に、鱗を貰ったとしても自分だけの力に固執せず、技量ある人物に加工を託すと考えている事は、お前も知っているであろう。そして、今回我が家族が大きな力を求めるのも地上の民を守るためだ。我欲で欲しているわけではないと判明している以上、気前よく譲ってやってもよかろうが！』

あー、そこらへんの事情は全て神龍様と黄龍様に筒抜け状態か。ま、神と名乗っている存在なのだから、それぐらいやれても不思議とは思わないけれど。

それにしても話が進まない……けど下手に口を挟めないんだよな、二人とも大き過ぎてさ。体のサイズ的にも存在感的にも。

『しかし、だ。普段はそうでも極限状態に陥ったときにどう動くかがまだ分からん。そこを直接確かめたいだけだ！　最後までその手に力を握りしめて戦い抜くのか……それとも我が身可愛さに敵に力を差し出してしまうのか。そこを見極めたい。黄龍、お前も十二分に分かっているはずだぞ。この者がかき集めた素材で出来上がる弓が、十全な魔力を流して矢を放てば神の守りすら貫くところにまで到達しかねない、神器と大差ない物に仕上がるという事が。本音を言えば、そんな物が人の世にあってほしくはないのだ』

え、やっぱりそういうレベルになるんですか？　おそらく神龍様には弓の完成した姿がはっきりと見えているんだろうな。

『ふん、お前は古臭い。人の世にあってほしくはない？　そんなもの、我らの鱗を用いずとも数え切れぬほどごろごろと出てくるわ。肝心なのは、それを扱う者が正道を行くか邪道に堕ちるかだけだろうが。正道を行くのであれば、それを見守るだけでいい。邪道へと堕ちて悪となるのであれば、世が乱れて怨嗟と悲しみの声が満ちる事態を迎えぬように手を打つ。そう考えれば今回の一件も、古くから邪道に堕ちておるあの翼の生えた連中を叩ける良い機会ではないか？　あの者達の辞書に反省の文字はない事は分かり切っておる上に、おごりをやめる気配も見えぬ。もはや叩き潰す以外の選択肢はない。違うか？』

随分な言われようだが、有翼人共はそれだけの事をしてきたんだろう。悪行の一部しか知らない自分ですら、外道と言い切れるからな……

まあなんにせよ、この流れなら鱗を貰う事自体はできそうだ。ただ、素直にくれるかと言うと……何か課題は出されそうだけど、ね。

しばらく論戦（適度な話し合いという名の殴り合いも多々含む）を行った二匹の龍は、人間的に表現すれば肩で息をするような状態になっていた。もちろん、その間はずーっと自分の事を放置している。

『こ、この強情者め』

『それはこちらの言葉だ……』

流石に疲れたのだろう、その言葉を最後にしばらく沈黙が続く。そろそろいいかな？

「あの。それで私の願いはどうなるのでしょうか？　もちろん試練を受けろと仰るのであればお受けいたします。それから黄龍様、お心づかいは本当にありがたいのですが——今回は神龍様を立てていただけないでしょうか？（話がまーったく進みませんので）」

内心、そろそろ鱗を貰えるにしろ貰えないにしろいい加減先に進みたいなーと思っていた。黄龍様も、ちょっとどころじゃなくやりすぎである。

『む、すまん。お前を無駄に待たせてしまったな』

『むう、お前がそう言うのであれば仕方がない。今回だけは神龍を立ててやろう』

やっと、こっちを向いてくれた。さて、お題を出すならさくっと出してほしい。

『今回の試練は簡単だ、ある幻術をお前に仕掛ける。お前はその幻術を打ち破ればいい。打ち破れば、我が鱗を譲ろう』

む、そう来ましたか。どんな幻を見せられるのだろう？　気合を入れ直さないとな。両頬を両手で音が出るくらいの力で叩いて、緩《ゆる》んでいた気分を追い出す。

「分かりました、その試練をお受けいたします」

そう自分が言った直後だった。自分の足から力が抜け、次は手、その後は体と続く。当然、自分の体は地面に倒れ込む。

しかし、そんな風に派手に倒れ込んだというのに、当然あるべき『痛い』という感覚が、『冷たい』という感触が、何一つ感じられないのだ。

（これは……これが幻術？　考える事はできるけど、何も見えない……何も感じられない。体は動かせないままで、自分の体がどんな風になっているのか一切分からない!?）

まるで脳と体の機能全てが切り離されたかのようだ。

よく「自分は一人ぼっちだ」なんて言うが、上を見上げれば空の青さがある。下を見れば地面がある。周囲を見渡せば建物や木々の緑があり、吹いている風だって感じられるだろう。

だが、今の自分はこれまで当たり前にあったそれら全てと完全に隔てられている。

そして、恐怖心が沸き上がってくる。体が動かないというのは、何も感じる事ができないというのは、こんなに恐ろしい事なのか！　まるで自分だけが世界全てから取り残されて孤独になったかのようだ。

（――何が簡単な試練だ、これは下手したら……！）

まだ多少は冷静さを保ててはいるが、このままの状態が続けば自分は間違いなく正気を失う。さすがに、そうなる前に試練は失敗という形で終わるのだろうが……だが、自分は考えてしまった。もしリアルでこうなってしまったら……突如、世界の全てを一切感じられなくなってしまったら。たちが悪いなんて言葉で片付けられる話ではない。

そしてよみがえってくる、高校時代に車にはねられて病院行きになったときの記憶。

動かなくなった体、諦めさせられた夢。そしてあのリハビリ。何度心が折れただろう、こんなキツい事はもうやりたくないと何度言っただろう。

（でも、やらなければ一生ベッドの上から動けなくなるという現実に恐怖を覚えて、あんな苦しいリハビリをやったんだっけな……ならば、この試練もあのときの記憶を引っ張り出せば……思い出せ、あの時の脱力感を、吐き気を、痛みを。そして、少しずつ体が動くようになっていった喜びを。焦る必要はない……細い糸が切れないようにそっと、しかし確実に一本一本手繰《たぐ》り寄せるように、体の感覚を思い出すんだ）

普段は意識せずやっている指の動きを。足の運びを。物を見る、音を聞く、味わう、物を触る、匂いを感じるといった五感に加え、危機を察するといった第六感も含めて、そっと、そーっと手繰り寄せる。すると、右の頬の感覚がうっすらと戻ってきた。

（この感覚――どうやら、自分は横向きに倒れているようだな。右頬に触れているのは……このやや冷たい感じからして、おそらくは床だろう。よし、この調子で体の感覚を徐々に取り戻すんだ。どうやればいいのか、徐々に掴めてきたような気がする）

そうして徐々に自分の脳と体が繋がり始めた。まだはっきりと物が見えないが。右目が多少復旧した。左手の小指の感覚が戻り、右足の膝を動かせるようになった気がする。

一箇所取り戻すごとに体の復旧速度は上がっていく。体の各所に出来た関所を次々と壊すように、一つひとつ体のコントロールを取り戻す。

（手や足は、一箇所を取り戻せればそこからは早いな。左手は完全に感覚が戻った。腕も、肘も問題ない。そして、左手を動かして分かった。やはり今の自分は横向き……右側を下にする形で倒れているようだ。だが、右手の感覚はまだ一切取り戻せない……やり方がマズいのか？　足のほうは、左足が大体動くようになったか。右足も多少は動かせるようになったから、こっちはもうちょっとの我慢だな）

まだ立ち上がれそうにはないが、これだけ体の感覚を取り戻せば、焦りは奥のほうに引っ込んでくれる。人生何が役に立つか分からないとはよく言うが、まさかこんなところでリハビリの苦い記憶が役に立つとは。

あの苦しみは、自分が自分の体で味わった事だった。それに比べればこんな試練など。このぐらいの障害など。いざとなればギブアップが許されている試練なんて――

「どれほどのものだというのだ！　この程度で今更、足を止めるような軟《やわ》な冒険はしてきちゃいないぞ！」

そう吠えた瞬間、体の全ての感覚は完全に戻り、自分は両目をしっかりと見開いてから立ち上がった。そうして気がついた、体全体に力が漲《みなぎ》り、爆発しそうになっている事に。熱い、とにかく体が熱い！

『――見事だ！　さあ、今こそ新たな段階の黄龍へと変身してみせるがいい！　試練を乗り越えた今、お前は覚醒するのだ！』

聞こえてきた言葉に従って〈黄龍変身〉を発動する。すると、以前とは比べ物にならない勢いで力が湧き出す。まるで体そのものが生まれ変わったような高揚感と充実感を覚える。

そして体が自然に動いた。

両手を握りしめた状態で、左手はへそ辺りに、右手は鼻のあたりへ動かす。その状態から力を高めつつ、左右両方の手をまっすぐ前に突き出す事で、前方へと飛んでいく金色の波が生成された。

このモーションで生まれた金色の波は刃の特性を持っているようで、前方にあった幾つもの岩などが、斬り裂かれながら流されるように消えていく。

『《閃斬津波《せんざんつなみ》》という技だ、我が家族よ。黄龍の力に酔わず、頼り切らずに今まで鍛えてきたからこそ身に付ける事ができた力だ。そして、神龍の試練が最後の切っ掛けになって力が発現したようだな。なんにせよよくやったぞ……外見こそ変わらぬが、お前の中身は間違いなく新しい黄龍となったのだ。ふん、神龍の試練もたまには役に立つものだな。今後はお前が変身するために必要な力の蓄積時間は半分ほどになり、変身を維持できる時間は三倍ほどに伸びたはずだ』

手や足、服装は確かに以前と変わっていない。しかし、体の中に感じる力は以前と比べて途轍もなく跳ね上がっていた。

予定外だったものの、ここでパワーアップができたのは幸運だった。変身中に使える新しいアーツが手に入ったが、そっちよりも基本的な能力の向上がありがたい。これでいざという時の信頼度がより高まった。短かった変身維持時間も大きく伸びてくれたのは嬉しい誤算だ。

『黄龍、後でよく話し合い《殴り合い》をしようではないか。ううむっ、それはいったん横に置いておくとして……よくぞ己の体の感覚がなくなるという幻覚に打ち勝った。そのような状態になってもなお立ち上がる意思を捨てぬその姿、確かに見せてもらった。お前には我が鱗を用いた武具を使う資格ありと判断する。受け取るがよい……』

黄龍さんに殺気を送りつつ、神龍さんは自分に鱗を渡してくれるようだ。まあ渡すといっても手渡しはお互いのサイズ差の関係上無理なので、空中からキラキラと舞い降りてきたのだが。

なんにせよ、これで必要だった四枚の鱗が——あれ、数が多い？

「あの、神龍様。鱗が八枚ありませんか？」

それは自分が要求した数の倍なのだが、何かのサービスなのか？　そう思って首をかしげていたら……黄龍様が口を開いた。

『ああ、残り四枚は我が家族への手土産だ。たまにしか会えぬのだからこれぐらいはな……そして』

黄龍様が『むぅん！』と念を飛ばすやいなや、かなり近くまで降りてきた八枚の鱗が二枚ずつ……金色の鱗と緑色の鱗がくっついたかと思うと、染み込むように掻き消えた。

『うむ、これでより強力な弓が作れるだろう。存分にその力を発揮——』

黄龍様がそこまで言葉を発したところで、神龍様が黄龍様の顔面をぶん殴った。

『お前は何を考えているのだっ！　神龍の力に黄龍の力まで上乗せしてしまったら、どれだけの力を持つ武具が出来るのか分からないではないか!?』

——ああ、それは実によく分かります。この四枚の鱗から感じる気配がものすごい事になってます。冷や汗をかきそうです。

『神龍よ、目が曇《くも》ったか？　ああする事で、あの鱗を用いて作られた武具は、もう我が家族にしか使えぬようになったのだぞ？　さすがに制御不能となり得る物など、我とて渡さんわ。ましてや我が家族にそんな危険物を持たせるなど、絶対にあり得ぬ。融合させた鱗には、家族が手にした弓は盗まれず、かつ苦労せずに十全に機能を使えるよう支援する力を込めたまでよ。お前の危険視する、他者の手に渡ってしまった場合への対策を想定してな』

あ、そういう支援はすごいありがたい。この件に関しては素直に感謝しよう。という事で自分は頭を深く下げた。

『我が家族よ、この神龍のような、よく見もせずに他者を非難するような早とちりには気をつけろよ？　碌な事にならぬからの』

『普段から紛らわしい事を散々しておいて、よく言えるな』

また睨み合いが始まりそうだったので、自分は早々に退散する事にした。

これで、ドワーフの師匠が集めろと言った素材は全て揃った。訓練をするにせよ、もう一度世界を回ってみるにせよ、まずはドワーフの地底世界に戻らなきゃな。

STATUS

【スキル一覧】
〈風迅狩弓〉Lv50（The Limit!）〈砕蹴（エルフ流・限定師範代候補）〉Lv46
〈ドワーフ流鍛冶屋・史伝〉Lv99（The Limit!）〈精密な指〉Lv49〈小盾〉Lv44
〈蛇剣武術身体能力強化〉Lv28〈円花の真なる担い手〉Lv8〈隠蔽・改〉Lv7
〈薬剤の経験者〉Lv43〈妖精招来〉Lv22（強制習得・昇格・控えスキルへの移動不可能）
追加能力スキル
〈黄龍変身・覚醒〉Lv15（Change!）〈偶像の魔王〉Lv7
控えスキル
〈木工の経験者〉Lv14〈釣り〉（LOST!）〈人魚泳法〉Lv10〈百里眼〉Lv40
〈義賊頭〉Lv68〈医食同源料理人〉Lv25
ＥｘＰ42

◆　◆　◆

そして、アースが立ち去ってからしばし時を置き――

『行ったか』

『行ったのう』

神龍と黄龍はお互いに頷き、人型へと変化した。

「神龍、此度はすまなかったのう。こんな芝居《しばい》をやらせてしもうて」

先程までの喧嘩腰はどこへやら、黄龍は神龍に深々と頭を下げた。

「いいや、黄龍の申し出がなければ、こちらの鱗を譲り渡すのは難しかった。むしろ感謝する」

そして神龍もまた黄龍に頭を下げた。

「こちらもそちらの試験に乗っからせてもらっただけじゃからの。試験も最初の予定とは大幅に変えさせてもらった上に、あのような事を頼んだからの……正気を失わせぬように安全策はいくつも張っておいたが……我が家族があそこまで素早く立て直せたというのは嬉しい誤算ではあった」

試験の様子を思い出しながら、黄龍は言葉を紡ぐ。

「あの更なる力を使いこなせる機会を与えられるのは、先程の試験が最初で最後だったからな……

我が家族が変身をこれまで多用せずにいてくれたおかげで、黄龍の力が体の隅々まで行き渡り、後は殻《から》を破るだけの状態になっておった。意図してそうなったわけではないのじゃろうが、絶好の機会をあやつは作っておった。じゃから、もう一度体の繋がりを思い出せるあの試験をしてもらって――見事に目覚めおった。あの力があれば、空に住まうあの者達ともやり合えるじゃろ」

黄龍の言葉に、神龍も頷いてから口を開く。

「我が一族の仇《かたき》である上に、あの者達は三度《みたび》悪事を働く計画をしておる様子が窺える。過去には考えが悪辣《あくらつ》すぎて同族の中からも離反者、反乱者を生み出しておいてなお反省する事がない外道共。しかし、我々は基本的には人の世に出て戦う事はできぬ故……今回のように力を与えて託す他ない。しかも今回は兵器を生み出しての力攻めではなく、精神を乱して同士討ちさせようとする形をとるとはな……この牙で屠《ほふ》れぬのが歯がゆいわ」

神龍の言葉に、黄龍も「その点は同意するぞ、我もあのような者らをのさばらせておきたくはないからの」と同意する。

「――今回の戦いで、おそらくあの者達との決着がつくであろう……今の世に多数いる、力尽きても生き返る事ができる多くの旅人達があやつらに完全に操られてしまえば、こちらにはもう勝ち目がない。いくら戦っても数が減らずに襲い掛かってくる不死の兵の前には、我やお前であってもいつか力尽きる時が来る。分かっているのじゃが……我らがここを出る事は、龍の国が誰の目から見ても危機に陥っているという認識を持たれない限り叶わぬ。そういう決まりがあるからのう……この世界との間に」

「ああ、必要な決まりではあったが、今はそれが足枷だな……」と黄龍。

「信じるしかない、我らの鱗を託したあの男が何かいい切っ掛けになってくれると。奴は自分の魔剣から、過去に羽根持つ者共がしてきた悪事の一端を知らされたはず。霜点《そうてん》と皐月《さつき》の墓を参っておったのがその証拠よ。そして、秘かに対策を練っているごく一部の者にあやつが含まれているのも、偶然ではないだろう」

アースの行動は、この二龍には筒抜けである。いや、アースに限らず大半のプレイヤーの行動がそうなのだ。この二龍に見られないのは、意識して隠そう、隠れようとした上でそれ相応の技術を身に付けた者だけ。

ただ、この二龍は知った事を一切口外しないし、よっぽどの外道かつ世界の破滅を招くような行為でない限り関わってこないので、多くの場合は隠れても疲れるだけとも言えるが。

「反則すれすれどころか間違いなく反則なのだが、今回は雨龍に砂龍もあの男に同行させる。これがこちらにできる精一杯の支援か。あとは、あの男が上手くやってくれる事を願って見ているしかない、な」

そう呟く神龍の前に、酒がなみなみと入った器が差し出される。当然、それは黄龍によるものだ。

「まあ飲め、今から神経質になっても仕方あるまい。もはや賽《さい》は投げられたからの……我らがこうやって顔を突き合わせてうんうんと唸っていれば物事が上手く進むのであれば、いくらでも唸ってやるが、そうではないのが世の中よ。今は、良いほうに進むと信ずる他あるまい」

その黄龍の言葉に頷いた神龍は、器を受け取る。酒は透き通っており、器の底がよく見えた。

二人は同時に器のふちに口をつけ、酒を一気に流し込む。

「良い酒だな、これは新しく仕入れたやつか？　今まで飲んだ事のない味わいだが」

神龍の感想を聞いた黄龍は、にやりと笑う。

「うむ、手に入れるのには少々骨を折ったがな……我が家族の未来に幸いあれと祈りを込めた酒だ。本音を言えば、あやつにも飲ませてやりたかったが……あそこで酒が入ると、お互い演技が崩れる可能性があったからやむを得まい。あやつがいつか勝利の報告をしにここに来た暁《あかつき》には、そのときこそ共に飲めるだろう。それまでは我慢じゃな……祝い酒を酌み交わす日が待ちどおしいわい」

「そうだな、そのときだけはあの男と酒杯を交わすのも悪くないだろう」

神龍も黄龍に同意し、再び酒をあおる。体に染みていく酒の熱を感じながら、神龍の両目はじっと空を見据える。

（傲慢が過ぎた者どもよ、他者の精神を弄るなどというふざけた真似をし始めた外道共よ、あの男に屠られるがいい。空に生まれたからというだけでこの世界の支配者であるなどと盲目的に考え、多くの命をもてあそんだお前達は滅びるしかない。なぜ共に歩こうとしないのだ……なぜ一方的に見下すのだ……自分達の文化や技術が優れているからといって、他の者の文化や技術を一方的に愚かと決めつけ、馬鹿にする。そんな考えになぜ凝り固まってしまったのだ)

神龍は残念に思うのだ。その素晴らしい技術をもっと上手く穏やかな方面に使えていれば、地上はもちろん空の世界だってもっと栄えたであろうに。

しかし、精神を支配し殺し合わせようなどという狂気の考えに取りつかれた以上、もうそこには戦う以外の選択肢はない。生きるために、理不尽に殺されないために。

「あやつらの悪意……いや、あやつらは悪事とも思っていないんだろうが──もうたくさんだ。必要なく作られた不幸に振り回され、悲しまされ、命を奪われる歴史など、いい加減に幕を閉じなければな……頼むぞ、この連鎖を断ってくれ……」

神龍、黄龍の願いに、アースは応えられるのか？　それはまだ分からない──

11

「──といった形になりましたが、何とか神龍様の鱗を頂く事ができました」

神龍様の空間から外に出ると師匠ズが待っていたので、場所を移してから今回の顛末の報告を済ませた。

「そうか、黄龍様までいたというのはこちらも予想していなかったが……なんにせよ、これでお前が必要としている物は揃ったのだな？」

砂龍さんの確認に、自分は頷く。本当にやっとだ……あとはドワーフの師匠の所に全ての材料を持っていって、弓とドラゴンスケイルアーマーのフルセットを作ってもらえばいい。これで羽根持つ男との決戦に向けた装備が整う事になる。

「神龍様と話ができるようになるまで待っている間、師匠の口利きで色々な修業ができました。ありがとうございます」

いくつかの薬のレシピを覚える事ができたし、料理のほうも手早くできるようになった気がする。有翼人の戦い方を体験できたのも大きい。本番はまた違うかもしれないが、それでも事前の知識がある分だけ落ち着いて戦えるはずだ。師匠には感謝しなければ。

「弟子の面倒を見るのは師匠の務めじゃ、気にするでない。今回の修業がお前の血肉となったのであれば、それでよい。稽古をつけてもらった恩に報いたいと言うのであれば、此度の戦いでその成果を発揮してみせるのじゃ」

雨龍さんの言葉に、自分は頷く。そうだな、見事奴らの野望を砕くのが、稽古をつけてもらった事に対する一番のお礼となるだろう。本番はまだ始まってもいない、これからも気合を入れて進まねば。

「それでは、今日中にドワーフの師匠に集めた素材を渡してしまいたいので、今すぐ出発させていただきます。慌ただしくて申し訳ありませんが、これにて――」

失礼いたします、と続けようとしたのだが、そこに雨龍さんが待ったをかけてきた。

「アースよ、これからわらわと砂龍は、この一件が終わるまでお前に同行させてもらう。これは神龍様から下されている指示じゃから、二龍であるわらわ達が龍の国を遠く離れても問題ないのじゃ。神龍様も、本来ならば掟を破る行為であっても必要な一大事であると判断されたようじゃ」

えっ、師匠ズがこれからは同行してくれるの？　でもそれじゃ……

「あの、とてもありがたいお話なのですが……秘密の場所にて行われている訓練を見るというお仕事は、どうなってしまうのでしょうか？」

これが気になる。ここでやめたら中途半端にならないかね？　中途半端を師匠ズが良しとするとは思えないだが。

「それについては、お前が休んでいる間に見るという事になっているから気にするな。そもそも、一定の基礎訓練は完全に終わっていてな。今後は治安を乱す魔物を倒しながら、連携などの練度を高める事になっておる。もう付きっきりで見ておかねばならぬ時は過ぎた故、今後はお前に付き合えるというわけだ」

ああ、そうなのか。それならば問題はないか……魔族の皆さんや獣人の皆さんは、プレイヤーが属する人族と比べて基本的な能力が高い。基礎が固まれば、あとは適度な指導を行うだけでいいのかもしれない。

「そういう事であれば、これからよろしくお願いいたします。奴らとの戦いが始まる直前まで各地を巡り、色々鍛えようと思っていましたので……その都度ご指導を頂けると助かります」

一人でがむしゃらにやるのもいいが、今は時間が限られているから……いつあいつらが善人のふりをしてこちらに手を出し始めるのか分からない以上、できる事はできるうちにやっておかないとひどい目に遭う。

夏休みの宿題とかのように、明日から新学期だから手伝ってー!?なんて事はできない。まあ、自分はそういうお約束ネタは一回もやった事はないんだけどな……大体八月の上旬の時点で、毎日書かなきゃいけない日記系以外は全て終わらせるタイプだった。

「さてと、あとはアクアが戻ってくれれば出発できるのですが……あいつはどこまで行っちゃったのやら。結局別れてから今日まで一度も顔を出さなかったし」

アクアはアクアで修業をしているんだろうけど、その場所が分からない。

「ああ、お前と旅をしていたあの妖精なら、そろそろこちらに来る頃合いだ。城の前で待とうではないか――きっと驚くぞ？」

そんな言葉を、砂龍さんが珍しくにやりと笑いながら口にした。

驚く、ねえ？　もしかして、アクアもまた自分のように大きな進歩を遂げたのかもしれないな。

ひょっとすると、大きく姿が変わっているのかもしれない。

まあなんにせよ、こっちに来る頃合いというのであれば待っていればいいだろう。

一瞬の早着替えで旅装になった師匠ズと共に（師匠ズだからできるんだという事で無理やり納得した）、龍城の前に移動してしばし時間を潰していると、何者かの走る音が徐々に聞こえてきた。

もしかしてこれがアクアか？

「――ィィィィィイイイイイイ！」

そんな鳴き声が聞こえたかと思えば、自分の視界は青一色に染まっていた。この久しぶりに感じるモフモフ感は、間違いなくアクアだろう。

「アクア、お帰り」

「ぴゅい！」

挨拶を交わした後、ゆっくりと離れてみて、アクアの変化を確認した。

まず、翼が大型化していた。なので、畳んでいても今までとは違うフォルムに見える。以前は畳めば全体的に丸っこい形になったのだが、今はドラゴンの羽のようにその存在を主張している。

After
Before

更にその翼部分の羽毛が、クリスタルのように透き通った水色に変化していた。体の部分の羽毛は今まで通りの青色なので、かなり受ける印象が違う。

「ずいぶんと、変わったなぁ」

「ぴゅい！」

思わず呟いた自分に「どう？　私の新しい姿は？」みたいな感じで翼を見せつけてくるアクア。体のサイズはいつもの二・五メートルモードなのだが、今までよりも大きく見える。

「体毛の変化は、わらわの稽古を受けた結果、水も扱えるようになった影響じゃろうな。水で刃を作って切る、水を集中させて穴を開けるといった綿密な魔力の操作が必要な魔法も使えるようになっておる。それだけではなく、わずかな水を相手の鼻や喉辺りに生成した後で凍らせて窒息させる、といった非常に繊細な真似も可能となっておる。今後の戦いでも立派な戦力となるはずじゃ」

雨龍さんがアクアに稽古をつけていたのか。で、氷だけでなく水も使えるようになったと。確かにアクアのほうも進歩というか進化してるなぁ。こりゃますます頑張らないと、自分一人だけ置いていかれかねないぞ。新しい武器と鎧が出来上がっても、それに頼りきりなんて事にならないようにしないとダメだな。

「なんにせよ、またよろしくな」

「ぴゅい」

これで面子は揃った。まずは、鍛冶の師匠である地底世界のドワーフのもとへ急行だ。

12

アクアの上に自分と師匠ズが乗って移動を開始……して到着。

いや、本当に速い。龍城から地底世界への入り口まではそれなりの距離があるというのに、文字通りあっという間に到着した。アクアの飛行速度がものすごく上がっていらっしゃる。

しかも今回は自分だけじゃなくて二人多く乗っていて以前より重量が増えているはずなんだが、そんな事など関係ないらしい。これだけで、アクアが相当に強化されたと知れるというものだ。

「アクア、すごいな……」

「ぴゅい♪」

自分の言葉に、アクアは満足そうな表情を浮かべる。

「生半可な者なら一日持たずに逃げ出すぐらい濃密な修業を、見事に乗り越えたからのう。おそらく今では、妖精国の守り神と言われるピカーシャの中でもダントツに強くなっておるはずじゃ。他のピカーシャ達も一緒に鍛えていたがの、今まで長らくお主と旅をしていた事がいい修業となっておったのじゃろう。修練に対して一番粘り、一番伸びたのがこやつじゃった。見る見るうちに強くなっていく姿は、鍛えているこちらも楽しかったぞ」

ピカーシャ達にも稽古をつけていたなんて、師匠達は今回の敵に対抗するためにあちこち飛び回っていたんだろうな……普通だったら、あり得ないとか嘘をついているんじゃないかと言いたくなるけど、このアクアの急成長と師匠ズの力を知っている自分としては、疑う余地がないと納得してしまう。何せ、正体が正真正銘の龍だもんねぇ。

「ここから先は人気《ひとけ》が多いので、アクアにはちびモードになってもらいます。師匠も大勢の人に絡まれて前に進めないのはおいやでしょう？」

自分の言葉に師匠ズも同意したので、アクアから降りてちびモードになってもらった。師匠ズも一般的な龍人の旅装……要は時代劇に出てくる旅人のような恰好をしているので、目立つ事もない。

地底世界への入り口には行列が出来ていたが、そう長くはなかったので数分で順番が回ってきた。

行き先は当然、鍛冶の師匠がいるオリハルコンの街。クラネス師匠に集めてきた素材を渡し、更にドラゴン族から頼まれていた装備の修繕も依頼しなくちゃいけない……以前は修業にかまけてそっちの事がすっぽり頭から抜け落ちていたんだよな……失敗した。

「師匠、ただいま戻りました！」

相変わらず武器屋とは思えないお店のドアを開け、クラネス師匠の姿を確認した自分は、まず最初に挨拶をした後に頭を下げた。

「帰ってきたね、首尾はどうだったんだ……っと、アース君、その二人は君の同行者って事でいいんだよね？」

師匠の言葉には頷きをもって返す。その後、武術の師匠達なんですと補足を入れておいた。

「そっか、それならいいよ。ただの知り合いレベルだったら、ここから先への立ち入りはお断りしたけどね。さて、早速成果を見たいから来てくれないかな？　お二人もどうぞこちらへ」

クラネス師匠の言葉に従い、カウンターを越えて地下の鍛冶場へと降りる。そこで、ドラゴン素材や神龍&黄龍様の鱗など、言われていた全ての素材をクラネス師匠の前に積み上げた。

「——うん、確かに言ったよ。最高の一品を作るにはこれらの素材が必要だって。でもさ、まさか本当に全部集めてくるとは、予想してなかったなぁ……あはは」

クラネス師匠の笑い声は、かなり乾いていた。この結果にむしろ呆れてしまったようだ。でも、今回ばっかりはできる事を全力でやっておかなきゃいけないんだから、どう思われようが仕方ない。あ、忘れないうちに、今度こそこっちの件もお願いしないと。

「それと師匠、申し訳ないのですが、こちらも修繕していただけないでしょうか？」

自分が修繕を頼まれたドラゴンの装備を取り出して事情を説明すると、クラネス師匠は興味深そうにそれを眺める。

「ふーーーん、ドラゴンが装備する武具かぁ。こんなのもご先祖様は作ってたんだねえ。うん、こっちの修繕も任せてくれていいよ。全部奇麗にしてあげる」

急な申し出だったが、師匠は嫌な表情一つ見せずに了承してくれた。ありがたい。

「ふむ、どれもこれも変わった形をしているが……なかなか面白い」

「ドワーフの鍛冶の腕は健在じゃな。あれも振るってみると面白そうだ」

龍の師匠ズは、壁に飾られている武具のいくつかに興味を持ったようだ。使わせてほしいとか交渉するつもりだろうか。まあそこらへんは個別に話し合いをしてほしいところである……

「それとアース君、君の左手に装備している盾を、しばらくこっちに預けてもらえないかな？　今考えている装備品のひらめきを得るきっかけになりそうなんだよ！　もちろん、借りている間は別のを貸すから……これなんだけどね？」

そう言ってクラネス師匠が取り出したのは……盾の中に、拳銃などよりやや太めな銃身が仕込まれている物だった。もしかしなくても、盾＋銃の組み合わせかな？

でも、銃はドワーフの皆さん専用武器じゃなかったっけか？　これを借りても、ただの盾としてしか運用できないのでは。それにこの盾、なんか専用のガントレットも付いてる。どういう盾なんだろう？

「その盾は、弾切れなどの緊急時に魔法を弾丸代わりにできないかと考えて作った銃を組み込んだ……うん、失敗作なんだよ。ああ、もちろん単に盾として使う分には何の問題もないからね？　失敗したのは銃のほうだから」

失敗作、ねえ？　まあ、盾として使えるんなら構わないけど。

「何が失敗かというと、その銃は初歩の魔術以上の魔法を込めると制御不能になって壊れちゃうんだよね。銃の強度を上げたり魔法の触媒も色々弄《いじ》ったり色々研究して試したんだけど、結果は全滅。初級魔術なら増幅してかなりの破壊力が出せるんだけど……で、ここまで言えば分かると思うけど、アース君は確か、純粋な魔法は初歩の魔術までしか使えないって言ってたよね？」

鍛冶修業の休憩中にそんな雑談をしたような、しなかったような？　ちょっと覚えてないなぁ。

「そいつを使えば、初歩魔術だってそれなりの魔法と肩を並べるぐらいの威力になるよ。射程もそこそこあるから、結構使えるシーンは多いと思う。銃に魔術を込める方法は、内側にあるこのスイッチを押した後に魔術を唱えるだけ。一回につき唱えた魔術の二・五倍の魔力を消費するけど、三回撃てるから結果的にはプラスだね。打つときは、このガントレットのここに、発射用のスイッチがあるから」

ガントレットを確かめてみると、手首部分と中指の第二関節辺りに小さなスイッチがあった。

うーん、これは実際に使ってみないと何とも言えないな。

「クラネス師匠、これちょっと試し打ちしてもいいでしょうか？　説明だけだとちょっと呑み込めない部分がありまして」

ギミック付き装備の性能を理解しないまま運用するのは、もったいないし危ない。一回使ってみて理解してからじゃないと……実践投入はしたくない。

ITEM

【ミスリルシールド・マナキャノン収容型】

ドワーフ族のクラネスが作製した、当人がマナキャノンと呼ぶ兵器が仕込まれた特殊な盾。しかし本人曰く失敗作で、マナキャノンには魔術レベルの魔法しか装填する事ができない。それ以上の魔法を装填するとキャノン部分が大破し、込めた魔力は大気に霧散する。リロードと発射用のトリガーは、盾に付着している長めのガントレットに仕込まれている。

効果：Def＋56

特殊効果：「マナキャノンに込められた魔術は威力が強化される」

「一回のチャージにつき消費魔力2・5倍」

「一回のチャージで三発発射可能。撃ち切らなければ次弾をチャージできない」

製作評価：10（ハイレア）

早速、鍛冶屋お約束の、試し切り試し撃ちのできる部屋へ全員で移動。ここに来るまでの間、砂龍さん&雨龍さんの師匠ズは興味深そうにマナキャノン付き盾をあちこち触っていた。新しいおもちゃでも見つけた気分なんだろうか？

「じゃ、教えた通りにやってみて。難しくはないよね？　二、三回使えば慣れると思う」

クラネス師匠の説明に従い、自分はまずガントレットを左手に装着する。盾はこのガントレットにくっついているので、ガントレットの装備が盾の装備を兼ねている。ちょっとぶかぶかで気になるな……なのでクラネス師匠に申告しておく。

するとクラネス師匠がレザーグローブを持ってきたので、いったんガントレットを外してレザーグローブを装備。その後にもう一度ガントレットを装備するとしっくり来た。これなら大丈夫か。

「では、試射します。離れてください」

初めて使う武器だからなぁ、更にこの世界ではドワーフ専用（だと思っていた）銃だから慎重に扱いたい。まあ銃といっても、火薬を用いたやつじゃなくって魔法を撃ち出すものだから、ぎりぎりファンタジーの範疇に収まるかね？

そんなことを考えつつ、魔法をチャージすべく右手で左手首付近にあるスイッチを押した後、《ウィンドニードル》を詠唱する。

No.II

通常より消費するMPが多いらしいが、今となっては初歩中の初歩、〈魔法〉の格下である〈魔術〉の《ウィンドニードル》じゃ、MPのバーが減ったかどうかも分からない。しかし、リボルバーの撃鉄を起こすような音が小さく三回聞こえてきたので、これで弾としてチャージされたはず。

次は、盾に仕込まれている銃口を的に向ける。銃口は盾の下側にあり、撃つときには装着している腕を相手に向けて放つ事になる。

……うん、ずっと前に自分が作った変形式の弓付き盾を思い出したよ。もっともこっちのほうがギミックが少ない分、耐久性に勝るけどね……素材もミスリルだし、性能を比べるだけ愚かか。

とにかく、撃ってみよう。大体こんな感じかな……アイアンサイトとかそういうアシスト要素が一切ないから、初弾は当たらなくてもいいや。大雑把に狙いをつけてから、左手の親指で中指のスイッチを押す。

「うぉっと⁉」

擬音で表現するなら、『ギュルン！』だろうか？　それとも『ギュオム！』だろうか？　とにかくそういったかなり大きな風の音と共に、弾丸と化した魔術が打ち出されたようだ。

風の弾丸は的のやや右側を通過する軌道で飛んでいき、そこから軌道修正して的に当たった。当たった的はというと……一拍ほど置いた後にひびが入って崩れ落ちた。

「ほう……これは面白いな。あのような弱い魔術であれだけの効果を発揮するか。これだけ見れば失敗品には思えぬが」

　砂龍さんがクラネス師匠を見るが、クラネス師匠は首を横に振る。

「さっきも言ったけど、魔術レベルしか弾として装填できないんだよね。それからせめてランス系の魔術が込められればと考えて、あれこれ材料や作り方を試してみたんだけど、成果はなし。私の魔法に対する考えが間違っているからできないという可能性もあるし、何か大事な知識が欠けているからダメだって可能性もあるわ。なんにせよ、しばらくはそれ以上のマナキャノンを作る事はできないというのが結論ね。製作者としては実に歯がゆいけど」

　さっきの弾丸の威力、あれはそこそこの魔法に匹敵するレベル……ニードル系でこの威力に化けるというのであれば、ランス系を込められればどれだけの威力になるのかは確かに気になるところだ。

　ランス系魔術は、自分のように特殊な形で魔法系スキルのレベル上げができなくなった人でもなければ比較的簡単に覚えられて、一定の攻撃力が期待できる優秀な魔法だ。上位魔法には多少威力を増した上で複数のランスを生み出す魔法もあるくらいだし。そんな魔法を弾にできたら、このマナキャノンの有用性はもっともっと上がる。

「ふむ、だがあの威力は魅力的じゃな……のう、あれは一つしかないのかの？」

　今度は雨龍さん。雨龍さんも興味を持ったのか……

しかし、これにも再び首を横に振るクラネス師匠。

「研究中はいくつも作ったけど、今残っているのはあれ一つなの。他は全て情報を得るために解体したり、試射したときに大破したりで残ってないのよ。これは最後に作ったものだから一番よく出来てマナキャノンの安定性も十分だから、挑戦した記録に残しておいた物でね……まさかこうして引っ張り出すなんて思っていなかったもの。正直、適切な使い手がやってくる日が来るなんて予想してなかったし」

クラネス師匠の言葉を聞いた雨龍さんは「そうか、それならば仕方ないのう」と頷いた後、こちらに寄ってきた。

「のう、次はわらわが撃ってみたい。貸してもらえぬか？」

――目が輝いているような気がする。こういうのが好きなのか、雨龍さん。

まだ残っている分の弾を撃ち切った後、盾を雨龍さんへと手渡す。

雨龍さんはさっさとガントレットを装着したかと思うと、早速魔法を込めて的に狙いをつけた。

込めた魔法は《アクアニードル》のようで、発射されたのは水をまき散らしながら飛んでいく弾丸。そして的に当たり、そのまま押し潰した。属性によってここまで効果も変わるのか。強力であるという一点だけは同じだが。

「ほう、ほうほうほう。やはりこれは面白いのう。わらわ専用に一つ作ってほしいところなのじゃが、頼めぬかの？　無論、十分な報酬を払うぞ？」

そして交渉を始めた雨龍さん……クラネス師匠のほうも「これぐらい貰えるなら作れるよ。あと、こうしてほしいとかの要求も聞くよ？　盾の大型化とか弾倉の拡張とか、色々できるから。その分重量がかさんじゃうけど……」なんて売り込んでる。失敗作でも要求があればしっかりと売るのやね……そこはしっかりしてるよ。

そしてしばしの話し合いの後、両者ともに満足いく内容で合意できたのか、二人は固い握手をしていたよ……

「じゃ、依頼してもらった修繕を始めたり武器を作ったりするから、しばらくの間ここへは立ち入り禁止にさせてもらうね？　ドワーフの秘技をたっぷり含んだ方法を用いるから、たとえ弟子であっても見せるわけにはいかないんだ。これぱっかりはドワーフの決まりだから、悪いけど納得してもらうよ」

師匠の言葉に、自分は素直に頷いた。これは別にドワーフだから特別そうだってわけじゃない。リアルでも、刀鍛冶が普通の弟子には教えない秘技のあれこれがあって、もしそれを盗もうとしたら……って話は結構転がってるって知っているから、ここで食い下がる気はなかった。

「うん、素直に了解してくれて助かったよ。そうでない場合は、作ってあげられなかったからね。そして、報酬のほうなんだけど……」

報酬の話を切り出してきたクラネス師匠。その内容は……

「今回の仕事にあなたがいくら支払うのか、今決めてもらうわ。もし一グローしか出したくないという答えでも、私は構わないわよ」

という事だった——素材を集めて回ったのは自分だが、その素材を用いて武具にするのにどれほどの技術が必要となるのか……そんな事が分からないほど、自分は愚か者ではないつもりだ。

つまりクラネス師匠は、己の腕に自分がどれだけ身銭を切る事ができるのかを試してきたのかもしれない。

「——本当に、自分が支払う金額を決めてよいのですね？」

自分の確認の言葉に、クラネス師匠はすぐに頷いた。

そうか、それなら自分の答えはこれしかない。自分はすぐさま決めた分の代金を袋に詰めて、クラネス師匠の前に置いた。袋の口からはグロー金貨が幾つも顔を見せている。

「今まで冒険や働いて得てきたお金から、生活に必要なだけのお金を抜いた全財産です。どうぞお納めください」

いくら立派な素材があっても、それを武器や鎧にする事ができなければ意味がない。そして、その素材のレベルが高ければ高いほど、製作作業は困難になる。

今回は間違いなく全ての素材がトップクラスの難物であり、それらを用いて出来上がる装備がどれだけとんでもないものになるのか、もはや想像ができない。

そんなとんでもない武具を作り出せる職人に対し、金を惜しむのは愚かに過ぎるだろう。だから最大限の誠意を示すために、今回は手持ちのグローをほぼ全て放出する事にした。

これが自分にできる最大限の誠意……更に言うなら、有翼人に負けてしまえばいくら金を持っていても意味がない。

「――そうか、君はほぼ全財産をテーブルに載せてきたのね。あ、あはははは！　愉快、愉快だわ！　今の世の中に、職人の腕を買えるならそこまで出してもいいと即座に決断できる人間がまだいたんだ！　いいよ、なら、こんな武具を手にできるのであればこれだけのお金を出しても安く済んだと口にしてしまうぐらいの物を、必ず作ってみせるわ！　全財産を出すという決断に見合うだけの武具を作るのは、私達の流儀の一つ。任せておきなさい！」

そう言い切った後に、自分が出したお金を受け取るクラネス師匠。後は師匠に任せて、装備の完成を待つだけだ。

ついでに雨龍師匠も自分用に注文したマナキャノン付き盾のお代を支払うと、クラネス師匠が自分と雨龍師匠に赤い石を渡してきた。

「この石が真っ青になったら、装備が完成したっていうお知らせだから、取りに来てね。その前に来ても、私は製作に集中していて相手にできないから、時間の無駄だよ？」

クラネス師匠がそう言い終わるや否や、店から追い出されるような勢いで自分達は外に出されてしまった。そしてドアにカギがかけられた音がした後、慌ただしくバタバタと駆け回る音が聞こえて、それからまた静かになる。

「なんとも慌ただしいが……腕は間違いない。ならば、この石が青く染まるまで静かに待つだけじゃな」

雨龍師匠の言葉に、自分は頷く。

新たな弓についてできる事は全てやったから、後はクラネス師匠に任せて、焦らず待つしかない。その代わり財布が一気に寂しくなったので、とりあえず働くとか討伐とかでお金を稼ぎ直さないとな……

13

昨日は妖精国に辿り着いた後、宿屋に入ってログアウトした。そして今日またログインし……久々となる、ミミック三姉妹のダンジョンを目指す。

今回の目的は、ダンジョンマスターである長女ミークの部屋に通ずる、最大難度のダンジョンエリアに挑む事。罠も敵も凶悪な連中が揃っているだろうから、いい修業になると思うのだ。

師匠ズにも目的を話して了解をもらった後、ダンジョンがある街に向かい、宿屋を確保してからダンジョンへ。

「え？　留守？　ミミック三姉妹の三人が全員？」

そうしてダンジョンの従業員をやっている人（見た目じゃ人かどうか分からんなぁ……）と話をしてみると、なんとミミック三姉妹はどこかへお出かけ中らしい。なんでも、他の場所で新しいダンジョンをせっせせっせと作っているとか……ダンジョン外へは出られないはずなのに、何らかの裏技みたいなものでも身に付けたのかね？　詳しい行き先はこの従業員さんも知らないらしい。

「ですのデ、あの通路から入れるダンジョンに入りましてモ、今はミーク・ミミ様とお会いすることは叶いませんガ、よろしいでしょうカ？」

まあいいか、今回は訓練のために入りたいだけだから。挨拶はしたかったとはいえ、いないなら仕方ないね。いったいどこでどんなダンジョンを作っているんだ？という疑問は沸くけれど。

「そうですか、今回はあくまで訓練のためですので、お会いできなくても問題ありません」

自分が意思を伝えると、ダンジョンに入る許可をすんなりもらえた。

ここのミミック姉妹のダンジョンは相変わらず盛況なようで、プレイヤー、「ワンモア」世界の人達の両方が大勢詰めかけている。やはり死なずにダンジョンアタックができる事が大きいようで、初心者から腕試し目的の人まで幅広い層にウケている。

あと、自分の友である妖精ゼタンが開いている学校の学生と思わしき人もちらほらと見かける。

ここのダンジョンで自分の修業を終えた後、挨拶に行ってみるかね？

「それでアースよ、ここでの修業は何をするつもりだ？」

砂龍さんの質問に、自分は「ここの踏破、それだけです」と伝える。

言うのは簡単だが、達成するのは難しい。ここの罠のダンジョンに以前チャレンジしたが、相当な難度だったからな。今度は罠に加えてモンスターも相当強いところを用意しているだろうし、その踏破となればかなりの修業になるはずだ。

「なるほどのう、戦うだけではなく罠の見極めも必要か。なかなか面白いではないか……砂龍よ、これはぜひわらわ達も入って中を見て回ろうではないか？　未来に訪れるであろう新たな弟子達を鍛えるのによい方法を思いつけるやも知れぬぞ」

という事で、師匠ズと一緒に入る流れに。ある程度慣れてきたら、今度は個別に行動してみようという方向に決まった。ここで、罠に対する腕をより磨くとしよう。

そうして三人でダンジョンに入ってまず最初に見たものは……モンスターの大群でした。こちらを一斉に見るモンスターの皆さんは、殺意ＭＡＸ状態でございます。

それを見て、ちびモードのアクアが真っ先に、自分の頭の上で魔法の詠唱に入った。

「おのれ、いきなりモンスターハウスとか、やってくれるじゃないかっ⁉」

そんな悪態をつきつつも、自分も手早く戦闘準備を完了する。

ざっと見渡せば、この部屋には入ってきた入り口付近を除いてあちこちに罠がびっしりある様子。向こう側にちらっと出口が見えた気がするが、強行突破はできそうにない。罠は地面だけではなく天井にもあるので、天井に【真同化】をぶっ刺して強引に突破する手も使えない。

「雨龍さん砂龍さん、あまり前に出ないでください！　この部屋には容赦ない罠がわんさかとありますから！」

地雷とか落とし穴とかに始まり、バインドや毒を盛ってくる罠、麻痺させてくる罠、混乱させる罠などの状態異常系もてんこ盛り。特に混乱罠が大量にあるのは、混乱系を踏む↓歩く方向が定まらなくなる↓他の罠を次々と踏む↓大惨事、というコンボを狙っているんだろう。

そこに更に山ほどモンスターを配置するもんだから、この部屋は相当なカオス空間。いきなりこんな真似をしてくるとは、なかなか鬼畜じゃないか。伊達《だて》に最高難度を名乗ってはいない。

「ウオゥ！」

と、ここでこちらの近くにいた、肌が黒くて装備が銀色に輝いている、初めて見る姿のオークが大斧をこちらに振り下ろしてきた。

狙いは砂龍さんだったが…その大斧を、砂龍さんは素手で受け止めてしまった。

「ふむ、力はそこそこ。だが、この程度では脅威とは言えぬな」

そりゃ、龍である砂龍さんにとってはそうでしょうけど……大斧のサイズはかなりのものだから、相当な重量があるはずなんだけど。少なくとも、いつものドラゴンスケイルアーマーを着ていない自分からしたら、直撃したくないなぁ……もろにあの大斧の一撃を受けてしまったら、赤い染みになる未来しか見えないよ。

しかし砂龍さんは、その大斧をひっつかんで前方にぶん投げた。大斧を手放し損ねたのか、一緒に飛んでいく黒肌のオーク。その下敷きになって倒れるリザードタイプのモンスター。

「この程度で苦戦してくれるでないぞ、アースよ？」

当然自分や雨龍さんのところにもモンスターが殺到してくるが、こういう密閉空間では一斉に襲い掛かってこられる数は限られている。いくら多かろうがこっちの三人に向かって分散しているし、直接殴り合わなきゃいけない敵の数はそう多くない。

【真同化】を抜いて相手からの斬撃を切り払いつつ、時々隙を見てはマナキャノンに魔術をチャージしてぶっ放す。

うん、ここのレベルのモンスターであっても、マナキャノンは一定の効果を発揮している。一発で塵《ちり》に帰すというような事は流石にないが、のけぞらせたり吹き飛ばしたりとかなり役に立つ。

「ふむ、アースも腕を上げたな。初めて出会って稽古をつけた日からそれなりの時が過ぎたが、その過ぎた時に見合った力を付けているようで何よりだ」

なんて言葉が砂龍さんのほうから聞こえてくる。師匠ズにとっては、このモンスター達も遊びの範疇を出ないらしい。

執拗《しつよう》に自分の首を狙ってくる、長い前歯を持ったでかいネズミの首を逆に【真同化】で刎ね飛ばしながら、遠間から手投げ槍で狙ってくるコボルトにマナキャノンを一発お見舞いする。

どうやらこの部屋には、魔法を使うモンスターはいないようで、飛び道具は手投げ槍か矢のみだ。しかもモンスターにも同士討ち判定があるようなので、近接攻撃をするモンスターを盾にすれば飛び道具が飛んでくる頻度を抑えられる。

「ぴゅい！」

と、妙に長い魔法を詠唱していたちびモードアクアが魔法を放つ。冷たい風が横を吹き抜けたかと思うと、部屋のあちこちが凍っていく。だが、自分や師匠ズにはこれと言った影響が出ていない事から、きちんと範囲をコントロールしているのだろう。

と、そのとき、頰に冷たいものを感じた。

（この感触は、水か？）

目の前に立ちふさがった剣を持つ黒い肌のオーク二体と【真同化】で切り結びながら、頰に当たった感触から推測する——待て、氷と水。つまりアクアが長い詠唱の末に放ったこの魔法の狙いは。

「ガ、グア……」

「ギギ……ググゥ」

目の前のモンスター達に無数の水滴がつく。そしてそれはすぐさま凍り、あっという間に敵の動きが鈍っていく。エグい、この魔法は敵の体温を奪って、文字通りの意味で体の底から氷漬けにする魔法なんだろう。

そんな自分の予想の答え合わせをするかのように、次々とモンスター達が氷の彫像となっていく。

「うむ、大体予想通りの魔法になっておるの。だが、まだ凍る速度が遅いのう。これからも訓練に励むのだぞ」

「ぴゅい！」

――この魔法、雨龍さんとアクアの合作なのかい⁉　アクアがどんどん容赦なくなっているよ……そして、そんな性格になった原因は、自分かもしれないなぁ。今まで容赦ない戦い方をアクアの目の前で何度もしてきたから、そういった戦い方を学んじゃったのかもしれない。まあ、今はその変化がありがたいのだけれど。

「――モンスター達は、今の魔法で凍りつくか力尽きるかしたようですね。あとは遠距離攻撃で氷像になったモンスターを砕いた後、最小限の罠だけ解除してこの部屋を抜けましょう……どうやらここにはアイテムもないようですし」

　全員ほぼ無傷でモンスターハウスを抜けられたんだから、あれこれ考えるのはやめておこう。うん、自分までアクアの魔法で（肝が）冷えたからじゃないんだ。そうじゃないんだ……


「砂龍さん、そこでストップ」

「雨龍さん、そこで止まって」

「少し待ってください、罠解除します」

　ダンジョン探索中、まあ罠が多いこと多いこと。しかも複合罠ばっかりだ。閉じ込めてから丸鋸《まるのこ》型チェーンソーでバッサリ切り刻もうとしたりとか、流砂を起こして特定地点まで引き寄せてから針だらけの天井でプレスしようとしたり……とにかくホラーゲームや血みどろになる映画みたいに、見た目からして引っかかったら死ぬ！という事を嫌でも思い知らせてくる罠ばっかりだ。

　しかもこれらの罠が仕掛けてある周囲は、発動するまで何の変哲もない通路や部屋に偽装してあるからなおさらいやらしい。〈盗賊〉系統のスキルがない人にとっては、何もない奇麗な通路にしか見えないだろう。

「罠ばかりじゃな……砂龍、お主には見えるかの？　わらわはアースが解除した罠のうち、四分の一ぐらいしか気がつけておらぬが……」

「こちらも大差ない……うむ、我らだけでは迷宮を抜けるまでにいくつ罠に引っかかってしまうか分かったものではないな。これが迷宮の中で活躍する技術というものか……実に勉強になる」

そんな師匠ズの会話を聞きながら、新しい罠を解除する。

やれやれ、次から次へと容赦ないデストラップの山だ。ステータスを見れば、〈義賊頭〉のスキルが面白い速度で上がっている。まるで〈盗賊〉スキルを取った直後のような勢いだ。

それだけに、解除も難しい。罠解除のために作った七つ道具もフル回転だ。しかしこうして解除しながら進まないと、トラップにやられて最初からやり直しだ。

「ふう……これでここの罠はおしまい。進めますよ」

自分の言葉に師匠ズは頷いて、皆で前進を再開する。

いくつかの階段を下りて地下六階までできたが、各階層に必ず三つは即死級の複合トラップが設置されていた。モンスターハウスも必ず一つあり、中にいるモンスターも外では見た事のない連中ばかりだった。

それらと戦った事である程度モンスターのデータが手に入り……シャドウオーク、ロイヤルリザード、プラチナゴブリン、デスブラッドスライム、なんて名前が並んでいる。どいつもこいつも強敵で、自分一人でこのダンジョンに入っていたなら遭遇即逃げの一手を打たないとあっさりやられかねない、そんな強さだ。今は師匠ズがいるから殲滅しながら進めているけど。

「のう、アース。先程の罠はどういうものであったのだ？　地面に壁と、あちこち動き回って解除しておったようじゃが」

雨龍さんから、そんな質問が。

「では、想像した話になりますが……まずは閉じ込め系の罠がありましたね。その罠が起動を完了したら、次に壁の左右から強酸が流れてきていたと思います。この時点でほとんどの冒険者が助かりません。ですがダメ押しとばかりに、天井が下りてくる仕組みがありました。これで無理やり強酸のプールに体を押し付けられるので、飛ぶ事ができる種族であっても助かりません。罠が発動しても助かるとしたら……最初の閉じ込め罠の時点ですぐ脱出できる速度と判断力を持っているか、もしくは無理やり罠を破壊できるだけの力があるかのどちらかだと思います」

ただし、簡単に破壊できるほど脆《もろ》くない。だからこの罠が発動してしまった場合は、閉じ込められる前に逃げ出す、が一番現実的ではある。

ただし、閉じ込められるのに一分もかからないはずだから、重装備のタンカー系は間違いなくアウト、逃げられない。軽鎧の人でもぎりぎりか？　魔法使い系の人は、身体向上系の魔法を素早くかける事ができれば何とかってところだろう。少なくとも、被害者ゼロは難しい。

「酸か……我々もさすがに無傷とはいかぬな。しかもこの罠には全く気がつけなかった。アースがいなければ、我らといえど途中で力尽きる可能性は十分にあるか。この迷宮は確かに、修業をするという目的で入るだけの意味がある……魔物と戦うだけでは生き残れぬ世界というものがこれだけ恐ろしい事を身をもって知れるとは、国の外に出てきた甲斐があったというものだ」

師匠ズはどちらも、この経験を今後の修業に取り入れようとしている。これは師匠自身の修業ではなく、ずっと先を見据えているんだろうな。

そんな感じで、罠を自分が解除し、戦闘は師匠ズがメインとなって自分が討ち漏らしを倒す形でダンジョン内を突き進む。多数の罠の影響で進みは遅いが、これはしょうがない。今までのパターンならば休憩所が地下一〇階にあるはず……そこに辿り着けばひと息つける。

「──予想以上に罠が厄介だな。しかも一階下りるだけで難度が跳ね上がる……」

六階から七階、そして七階から八階へと歩を進めていたが、罠がどんどんきつくなってきた。解除難易度が上がっただけでなく、罠が起動する反応要素が増えてきたからだ。ここまでは、踏む、触るといった接触型だけだったのだが──

「なんだか嫌な感じがする……な。見たところ何もなさそうだが……」

嫌な感じがしたので、注意深く見てみたのだが何も分からない。しかしこの感覚を信じている自分は、師匠ズに「煙草《たばこ》を持っていませんか?」と聞いてみたところ、砂龍さんが持っていた。

なんでも、過去の友人からもらったものらしい。砂龍さんは煙草を嗜《たしな》まないのでただ持っているだけだったそうだが、そのおかげで助かった。キセルの先に煙草を入れて火をおこし、その煙を嫌な感じがする通路のほうに向けてみた。

「む？　今、煙の中に何か見えたぞ？　線のようなものがなかったかの？」

雨龍さんが言っているのは、スパイ映画なんかに出てくる赤外線のようなものだった。こんな感知方式を持ち込むんじゃねー！と内心で毒づいたが、悪寒《おかん》がした原因がよく分かった。こんな所に踏みこめば、碌な事にはならない。

周囲を再確認したが、この赤外線もどき以外の罠はない。おそらくこれに引っかかったら、どこか離れた場所で別の罠が作動するんだろう。もしくは強烈な音が鳴り響いて、このダンジョン階層にいるモンスターが一斉に押し寄せてくる、といったパターンも考えられる。

「どうにも嫌な感じがする、しかし罠のスイッチが見当たらないので、まさかと思って試してみたんですがね……今後は罠を見破るために煙草を買っておく必要があるか」

それに、今こいつの存在を知れたのは幸運だった。有翼人の拠点に忍び込んだ際、こういう形で侵入者対策を練っている可能性も十分にあったのだ。忍び込んでから気がついたとしたら対処しようがなかった――もちろん煙に反応する仕掛けが一緒に置かれている可能性もあるので、煙を吸い込みそうな穴があれば注意しなければ。

「むう、厄介じゃな。しかしそうなるとどうするのじゃ？　他の道を探すしかないのかのう？」

雨龍さんの言う通り、この道を諦めて他の道を探すというのも一つの手段だ。しかし、先程通路の奥にちょっとしたものが見えた。

「もしくは、あれを一時停止するか……ですかね」

通路の先に、箱の形をしたものがくっ付いている。あれが多分、この赤外線もどきを維持させている装置だと思う。ＬＥＤのような不自然な発光をしているし、赤外線もどきの発生源になっている事を〈盗賊頭〉スキルが見破っている。

完全沈黙は無理でも、一時的に機能停止させる事は可能なのではないだろうか？　自分はそう予測を立てた。

「ふむう、あれを破壊すればよいのか？」

魔法を放とうとした雨龍さんを必死で止める。

「ダメです、雨龍さんがやったら確実に壊れます！　そしてこういうやつは、完全に破壊するとすぐ反応するんです！　完全破壊は最終手段なんです！」

ぶっ壊し過ぎると派手な警報が鳴り響くってのもお約束なんだよねえ。それしか手段がないのなら仕方がないんだが、ここはちょっと試したい事があるから、雨龍さんには控えてもらう。

「雨龍さんと砂龍さんがいるんですから、破壊するのはいつでもできます。その前に、ちょっと試したいことがあるので」

雨龍さんに告げた後、【真同化】を具現化させる。さて、上手くいくかなーっと。

STATUS

【スキル一覧】

〈風迅狩弓〉Lv50（The Limit!）〈砕蹴（エルフ流・限定師範代候補）〉Lv46 〈精密な指〉Lv51
〈小盾〉Lv44 〈蛇剣武術身体能力強化〉Lv28 〈円花の真なる担い手〉Lv8
〈百里眼〉Lv42 〈隠蔽・改〉Lv7 〈義賊頭〉Lv87
〈妖精招来〉Lv22（強制習得・昇格・控えスキルへの移動不可能）

追加能力スキル

〈黄龍変身・覚醒〉Lv15（Change!）〈偶像の魔王〉Lv7

控えスキル

〈木工の経験者〉Lv14 〈釣り〉（LOST!）〈人魚泳法〉Lv10
〈ドワーフ流鍛冶屋・史伝〉Lv99（The Limit!）〈薬剤の経験者〉Lv43 〈医食同源料理人〉Lv25
ExP50

14

【真同化】を右手の指五本の先から具現化させる。そして、その一本に煙を焚かせたキセルを絡めとらせて、〈百里眼〉でよく見ながら赤外線もどきの隙間を縫って移動させる。

この方法で、途中で引っかかる事なく無事に奥の壁の装置のもとまで【真同化】の先を届かせる事に成功した。しかしこの行動はかなり神経を使うな。ＭＰも結構減っている。

（さてと、どんな感じですかねーっと）

変に刺激しないように気をつけながら、【真同化】の先を操って装置の様子を窺う。むう、さすがに自分の指のようにはいかないが、それでもまあ何とかなる、か。

そうしてしばらく装置の周りをいじくってみて分かったことは……

「ダメだ分からん」

「お主それでよいのか」

自分の呟きに速攻で突っ込みを入れてくる雨龍さん。

しかしなぁ、無闇に分解するわけにはいかないし、表面にも停止スイッチらしき物はないし。かといって下手に赤外線（？）システムとのラインを断ち切ると、何らかの罠が反応しそうなんだよなぁ。それぐらいはさすがに見抜けている。

「ならば、一度破壊してみるか。破壊する事でどうなるかを知っておく、というのもよいのではないか？」

と、砂龍さんからの提案。そう、だな。止め方が分からない以上、一度ぶっ壊してみてその反応を確かめるのはありかもしれない。自分の考えはあくまで予想だから、一度試しておこう。

「分かりました、では【真同化】を引っ込めますので、その後にお願いします」

「うむ、任せておけ」

自分が伸ばしていた【真同化】を右手の中に引っ込めた事を確認すると、雨龍さんが風魔法を飛ばす。それを喰らった装置はあっけなく壊れて……けたたましい警報を上げ始めた。そして一斉にこちらにやってくる、大量のモンスターの反応が。

「ああ、やっぱりか」

「まあ、大量の敵を相手取るのも修業よ」

自分の呟きに対する、砂龍さんのひと言。まあ、これも経験か。それに自分のカンが正しかった事を確認できたので、そっちの自信はついた。

だが、解除できないって時点で盗賊としての仕事ができてないわけなんだけど――まあしょうがない。無事な装置を何とか手に入れて、研究したいなぁ。

モンスターの大群が攻めて来たものの……雨龍さんと砂龍さんの前には大した障害にはなりませんでした。うん、やっぱりこの二人は本当にお強い。普通のプレイヤーが結成した六人PTだったら全滅しててもおかしくない物量でした。五〇匹ぐらいは来たもんなぁ……マップ表示が真っ赤に染まるなんて経験を、「ワンモア」でするとは思わなかったよ。

その数を、雨竜さんと砂龍さんは文字通りにちぎっては投げちぎっては投げあっさり殲滅。もちろん自分も矢を放って敵の目を潰したりと支援はしてたけれど。

貢献度合いは砂龍さん五、雨龍さん四・五、残りが自分ってところ。変身すれば二人に並ぶぐらいの力を発揮できるんだが、それは最後の切り札として温存しておく必要があるから、こんなところでは使えない。

「質はまあまあといったところか」

「まあ、数は多かったから訓練にはなっておるじゃろ」

そんなセリフを吐けるのは、お二人だからです。

「うーん、壊れたら完全に沈黙しちゃったか……これはちょっと調べるのには使えないか」

赤外線もどきは消えたので装置に近寄って直接触ってみたのだが、機能が死んでいるとかそういうレベルではなく、完全にただの鉄の塊みたいになってしまっていた。やっぱりリアルの精密機械とは完全に別物なんだろう。もしかすると、外見だけを似せたまがい物の可能性もあるが……こういった知識を、ミミック三姉妹の長女がどこから仕入れたのかが気になるな。

「壊し方が悪かったのかえ？」

「いえ、そういうわけではないようです」

現物を見せながら軽く説明すると、雨龍さんは「ふむ、壊れたら変化するからくりか……変な物を作り上げたものじゃなぁ」なんて感想を漏らしていた。うん、自分もこれはなかなか変な物だと思う。

「まあ、もう一度見つけた場合はもっと色々試してみるがいい。お前に求められる役割の関係上、知らぬままでいるのはまずかろう。分解なりなんなり、思いつく事は全てやってみよ」

砂龍さんの言葉に自分は頷く。詳しい仕組みは理解できなくてもいいから、安全に解除できる方法を確立させないといけない。そのためにはもっとデータが欲しい。

それに、この罠がここだけにしかないとは言い切れない。今後ちょこちょこ見るようになるかもしれないし、そうなった時に、分からないので解除できません、では困るわけでして。

「はい、進むのが遅くなってしまいますが、今後出てきた場合は色々触らせていただけると助かります」

この自分の申し出を、師匠ズは快く認めてくれた。師匠ズにとっても『良い修業の一環』になるという事なんだろう。

知らない事を知らないままで放置すると後で苦労するってのは学生時代に散々味わってるから、同じ過ちを繰り返したくはない。今回は分解を諦めたが、次はもっと粘ってみよう。わずかな隙間があれば、そこに【真同化】を潜り込ませたりできるだろうし。


が、同じ赤外線もどきの罠が出てくる事なく、ダンジョン攻略は進んだ。やっぱり特殊すぎる罠だから、数が少ないんだろう。また、あの階を下りる前に確認したマップから考えるに、あの罠は解除せずともちゃんと次の階に進めるようにはなっていたらしい。

あのダンジョンマスターであるミミック姉妹の長女は、そういう部分で詰まらないように特に気を使ってる様子だったし。

そして、地下九階に下りたときだった。

ぞわぞわっ、と冷たい何かが背中を這い回った。

「雨龍さん、砂龍さん、この階層には何かがあります。もしくはいます。これは、盗賊の技術を持っている人間としての第六感ですが……今までの経験からして、この勘が外れた確率はゼロですから信じてもらって構いません」

この感覚も久々だな。とんでもない罠か強力なボス、どっちか……いや、どっちも存在している可能性もある。この階は特に注意して進まなければいけないようだ。

「お主が言うのなら、間違いないのじゃろう。砂龍よ、アクアよ、お主らも抜かるでないぞ？」

「うむ。分かっている」

「ぴゅい！」

と、皆で気合を入れ直して歩を進め始めて数分後。砂龍さんがぼそりと呟いた。「冷えてきたな」と。

自分は魔王様のマントがあるから平気なのだが——雨龍さんも「確かに、な。これは明らかに何かいるな。水と氷の気配が強うなっておるからの。今までよりも強い奴がそう遠くない場所にいそうじゃな」との事。

が、自分の《危険察知》にはまだそれっぽい反応はない。まだ距離があるのか、もしくは何らかの方法で引っかからないように隠れているのか……

「その存在らしきものを、自分は今のところ感知できません。こちらには予想外の方法で強襲をかけてくる可能性があるので注意してください」

水たまりとかがあったら要注意だな。その中から突如現れて襲ってくる、なんてのは定番だから。それ以外にも、凍っている場所なんかも警戒ゾーンとなるか。厄介だ。が、厄介じゃなきゃダンジョンじゃないってのもあるか。

なんにせよ、すんなり一〇階へは行けそうにない、か。

そう、警戒していたのだが――《危険察知》が捉えた敵の情報に自分は首を捻り、そして現物を直接視認して、こう来たかと天を仰いでいた。

「まさかこうも見事に通路が凍り付いているとはな。これが先程から感じていた冷気の正体か」

砂龍さんの言う通り、ダンジョンの一角が氷の侵食を受けているかのように、天井、床、左右の壁全てが凍り付いていた。

それだけでもなかなか変な光景だが、《危険察知》先生はその氷自体に敵性反応を出している。

その反応で、この先の通路の形が分かってしまった。何せ、通路に沿って一面が凍り付いているため、未到達エリアの形がモンスター反応の輪郭で浮かび上がっている。

「アース、この氷が敵だというのじゃろ？　この氷を砕きながら進めばいいのかの？」

この氷自体がモンスターであると告げた事に対する、雨龍さんからの返答がこれだ。そういう単純な問題だろうか？　下手に突っ込むと、きっとろくでもない事になる。

だから、進む前にちょっとした実験をしたいと師匠ズに告げて、了承してもらった。

そして、実験の素材として適当に見つけた単独行動しているオークを弓で射って、自分を追いかけさせる形で氷のフロア前まで誘導する。

誘導したオークをぎりぎりまで引き付け、攻撃を誘って足を引っかけて転ばせた後、氷のフロアの中に蹴り入れた。これで氷のフロアがどう動くか……自分と師匠ズの目の前で、その結果が明らかになる。

オークはすぐさま立ち上がり、再び自分に攻撃を仕掛けようとしたのだが――次の瞬間、上下左右から一斉に氷の棘《とげ》が飛び出して、オークの体を鎧ごと貫いた。悲鳴を上げつつも何とか抜け出そうともがくオークだったが、棘は次から次へとオークの体に突き刺さる。

めった刺しにされて血を失い、動きが鈍くなったオークを、奥から伸びてきた棘が縮んで刺さったままのオークの体を運搬し始めた。遠くて視認できなくなったところで《危険察知》先生による確認に切り替えたが、一定の場所まで運ばれるとオークの反応が消失した。食われた、と言っていいのかもしれない。

反応が消えた場所は、いくつもの角を曲がった先。これでは弓でも魔法でも射線なんかとれるわけがない。

「予想以上に、エグい存在のようです……何も考えずに足を踏み入れていたら、先程のオークと同じ結末を迎えた可能性が高いと思います」

自分の結果報告に、師匠ズも渋い顔をする。フロアそのものが敵だとかどうしろと。

「次は我が試そうか。この一面に張っている氷を砕ければ、進む事もできよう」

砂龍さんの言葉に、自分と雨竜さんは頷く。この氷自体がなくなれば、棘を生やせない可能性は十分にある。

砂龍さんは軽く身構えた後、わずかな気合の声と共に氷の端っこを素手で殴りつけた。砂龍さんの攻撃に、氷はひとたまりもなかったようで、あちこちにヒビが走ったかと思うとすぐに砕け散った。もちろん全てがではないが、視認できるうちの九割ほどが吹き飛んだ。さすがは砂龍さんだ。

「ふむ、こうして攻撃で砕く事は可能か。さて、どのぐらいで再生するのかも確認せねばなるまい。しばし、様子を見るとしよう」

砂龍さんの言う事はもっともだ。この手のモンスターは再生能力持ちなのがお約束だからな。

そのままじっと様子を窺っていると、二分後ぐらいだろうか？　徐々に氷が復活し始めてきた。それから更に一分も過ぎると、見た目は前と変わらない氷の壁が復活していた。

「意外に早いな……アース、復活する前とその後での違いはあったか？」

砂龍さんの質問に対し、自分は《危険察知》から拾った情報を答えていく。

砂龍さんが氷を破壊した後は反応がほぼ消えた。しかし一分半ぐらいで反応が戻り始め、二分半ぐらいで反応は完全に戻っていた。反応が完全に消えなかったという事は、残っていた一割には氷の棘を生み出す力が残されていた、と見たほうがいいだろう。

氷を割っても、残っていた氷に棘で貫かれれば足は止まる、そうしているうちに復活した氷に全身を貫かれ、先程のオークと同じ運命を辿る……という自分の姿は簡単にイメージができる。

「ふむう、ただ割るだけではダメという事じゃな。先程見た限り、生半可な鎧など容易に貫くようじゃし……基本的には避けるべき場所なんじゃろうな。他を調べてどうしても先へと進む階段が見つからぬ場合に、もう一度突破方法を考える事にしたほうがいいと思うのじゃが？」

雨龍さんと同じく、自分も多分ここを通るのは必須ではないと考えていた。通れれば大幅な短縮になる、って感じだろう。通る手段がない限りそこで詰みになってしまうダンジョンを、あのミミック三姉妹の長女が作るとは思えない。

「そうですね、この階層はまだまだ調べてない領域が多くありますし」

自分と雨龍さんの意見に砂龍さんも同意して、この場を離れる。とりあえずこの階層のマッピングだ。氷対策を考えるのはその後でも遅くはあるまい――


そう考えてから二〇分後。小さめのモンスターハウスを一つ潰し、いくつもの罠を解除した先に次の階層へと下りる階段を見つけた。

やっぱり、あの氷の通路を通る事は必須ではなかったようだ。ただし、あそこを突破できればモンスターハウスは回避できたと思われる。マッピングは完全ではないが、通るのを諦めた場所とこの下り階段はかなり近い。通り方を確立できれば大幅なショートカットになったのは確実だ。

「無理をしてでも最短距離を駆けるか、遠回りして着実に進むかを選ばせる階層だったわけか」

自分の報告を聞いた砂龍さんは、顎《あご》を撫でながらそう結論を出した。何らかの手段があれば素早く先に進める、ってのは定番の一つだな。

ま、なんにせよこの階層はクリアだ。サッサとひと息入れられるはずの地下一〇階へと向かおう。


そうして降りた地下一〇階は——例の如くダンジョンの中とは思えない、あの喫茶店のような場所でした。あまり大きくはないし、宝箱もない。ただ位置をセーブできる装置だけは存在しているので、まずは記録しておく。

これで、次はここからダンジョン探索を再開する事ができるようになったわけだ。

改めて周囲を見てみると、自分達以外は誰もいない。穏やかな音楽はかかっているが、喫茶店のマスターらしき人物の姿が見えない。

と、奥のほうから足音が聞こえてきた。

「いやはや、ここにお客さんが来るのは久々だ、今回はお代はいらないから何か食べていってくれ。そうそう、あの装置を起動させて記録させる事も忘れないほうがいいね」

リアルの自分とそう大差なさそうな年齢の男性が店の奥から姿を現した。彼がここのマスターなのだろうか？

せっかくなので、カウンター席に師匠ズと一緒に座る。

「記録はすでに済ませていますから大丈夫ですよ。あなたがここのマスターで？」

「あ、一応そうなるね。あくまでこのダンジョンのマスターに雇われているだけの立場だけど。先に言っておくけど、ダンジョンの攻略情報なんかは一切持ってないよ。僕はここでダンジョンの挑戦者に食事を提供する事だけしかできないから」

雇われ店長ですか。あの長女は色々と手を回しているなぁ。

まあいい、せっかくここまで到達して、お代もいいと言ってくれているんだ。何か頼むとしましょうか。

15

「へえ、じゃあ本当のお店は妖精国にあるんですね」

「ええ、西の内側にある街の中に構えさせてもらっています。そちらはここより広いので従業員が数名いますけどね」

自分はスパゲティミートソースを、砂龍さんがマカロニグラタンを、雨龍さんがラザニアを食しながら、マスターと雑談を交わす。

話をして分かったのは、ここのマスターは妖精国とこの場所をつなぐ門を通ってやってきているという事。門を作ったのはもちろんミミック姉妹の長女。ただし、このマスターがダンジョン内で歩き回れるのはこの喫茶店エリア限定。また、マスターに攻撃を加えようとするとトラップが発動して強制排除されるようになっているようだ。

「こんな場所に来るのはそれなりの戦闘力を持った者に限られるからの、失礼かも知れぬがあまり戦えそうにない人物が一人でいるのは不用心であろうと思っておったが……対策がとられているというのであれば安心じゃな」

雨龍さんの言葉に、マスターは「ええ、そういった万が一がないように防衛能力は過剰と言ってもいいぐらいに固めてくださってますね。最悪本店のほうで何かあった場合はこちらに避難しても構わないとのお言葉も頂いてますから」と教えてくれた。しっかり従業員を守っているんだな、実にいい事だ。

「しかし美味《うま》い。このグラタンという物をもう一つ貰えるか？　龍の国では食した事のない料理だ」

と、ここで砂龍さんがお代わり。かなり気に入ったのか、普段よりも食べる速度が速い。まだ自分や雨龍さんは半分も食べていないというのに……珍しい姿を見せている。

「はいはい、少しお待ちくださいね。美味しいものを食べていただきたいので、ちょっとだけお時間を頂きます」

そう言い残してマスターはいったん店の奥に消えていく。普段の落ち着いた姿はどこへやら、子供に戻ったかのように少しそわそわしている砂龍さんの姿を見て、自分と雨龍さんは軽く噴き出してしまった。

「——なぜ笑う」

ほんの少し不機嫌な雰囲気を漂わせる砂龍さんだが、すぐさま雨龍さんがそれに答えを返す。

「自覚がないのかえ？　好物を目の前に出されて早く食べたいと目で訴える童《わらわ》のようじゃぞ、今のお主はのう」

そうそう、雨龍さんの言葉通りだ。そわそわと落ち着きなく、まだ次のグラタンは来ないのかとマスターが消えた店の奥をじっと見つめるその姿は。砂龍さんにこんな一面があったとはねえ。

「むう、そうか？　味が良いのはもちろんだが、あの中に入っている、マカロニというのか？　それを噛んだ時の歯ごたえがとても良い。そばやうどんに近いようで完全に異なるあの感覚、実にたまらぬ」

あれま、これってドはまりする兆候なんじゃないか？　でもまあ、危ない薬とかの類《たぐい》じゃないんだし大丈夫かな？　さすがに三食グラタンを食べたいとかは言わないだろうし。言い出した場合は……雨龍さんに諫《いさ》めてもらうしかないな。

グラタンはオーブンとかの設備がないとちょっと焼きにくいからなー……もちろん他の方法がある可能性はあるけど、自分は知らない。どうしてもとなったら、方法を調べるか、クラネス師匠に調理器具を作ってもらうとかするしかない。持ち運びができる小型のオーブンなんて、確かお店には売っていなかったはず。

「ふむ、なるほどのう。確かにわらわが食べているこのラザニアという料理もなかなかに美味じゃ。わらわ達は制約のためにこうして外に出る事がなかなかないからのう、色々なものに手を出してみるというのは良い事かも知れぬな。ふむ、わらわは次に何を頼もうかのう？」

雨龍さんはそんな事を言いながらラザニアの残りを平らげていく。食べるペースがちょこっと上がったような気がするけど、そこを突っ込む必要はないだろう。今は細かい事は口にしない。

「お待たせしました、グラタンのお代わりです」

「うむ、来たか。早速頂こう」

マスターがグラタンを手に奥から戻ってきた。出来立てだから相当に熱いはずなのだが……砂龍さん、普通に食べてるな。口の中も頑丈なんだろう、自分には真似できない。もし同じ事をした場合、口の中をやけどするのは間違いない。

まあ、グラタンに限った話ではなく、料理ってのは冷めると味わいが変わってしまうものが多い。

できる限り熱々を食べたほうが美味しいってのも事実だ。

「マスター、すまぬがわらわも次の注文をしたい。アースが食べているスパゲティミートソースに、ミートボールを追加したものを頼むぞ」

「分かりました、少しお待ちを」

っと、雨龍さんも追加注文か。ダンジョンに入ってからここに来るまで何も口にしていなかったから、どれだけでも腹に入るんだろうな。自分は――あとはデザートぐらいでいいか、もう一品頼むような気分でもない。

今スパゲティを完食したので、再びメニュー表を手に取る。えーっと、何がいいかな……へえ、フルーツポンチなんてあるのか。複数のフルーツを使うなかなか贅沢《ぜいたく》なデザートだ。

「お待たせしました、スパゲティミートソースにミートボールのトッピングです」

お、マスターが再び戻ってきたな。雨龍さんが料理を受け取ってマスターの手が空いたので、自分も注文を切り出す。

「私も追加注文をよろしいでしょうか？　フルーツポンチを一つお願いします」

「はい、少しお待ちください。すぐにお持ちしますね。今日は良いフルーツが入っているので、期待してください」

三度、マスターが店の奥に入っていく。一回で注文できればよかったんだがな……要らぬ手間をかけさせてしまった。

ややあって、マスターが小さなボウル型のガラス容器を持ってきた。その中には色とりどりのフルーツが浮かんでいる。フルーツポンチは、ただ食べるだけではなく各種フルーツによる彩《いろど》りを楽しむという一面もあるだろう。

「ふむ、奇麗なものだな」

「ほうほう、こういうものもあるんじゃのう」

師匠ズもその彩りに目を奪われたようだ。

そして、自分の前にそっとフルーツポンチが置かれる。ほう、このお店はフルーツだけではなく白玉も入れるタイプか。

「お待たせしました、フルーツポンチです。どうぞごゆっくりお楽しみください」

果汁シロップの中に浮かぶ色とりどりのフルーツを、まずは一つずつ口に入れる。ふむ、パイン、キウイ、オレンジ、ストロベリー、バナナに似た五種類に白玉だ。フルーツポンチ自体久々だったが、やっぱり美味しいな。シロップも調合バランスを考えてあるようで、しっかり甘いがフルーツの味を妨《さまた》げない。

——余談だが、個人的にはシロップに炭酸が入るものはフルーツパンチと呼称している。これは人や場所によって変わると思われるので、深くは考えないでほしい。

「のう、それはそんなに美味いのかのう？」

自分の食べる姿を見た雨龍さんが、そう問いかけてきた。なので、ひと口分だけおすそ分け。早速それを口にした雨龍さんは――

「これは良いものじゃの！　マスター、すまぬがわらわの分も頼めぬか？　ひと口だけでは口寂《くちさび》しくなるばかりじゃ！」

と、かぶりつくかのような勢いでマスターに同じものを追加注文する。かなり気に入ったようだ。

結局この日はログアウトするまで、マスターと雑談を交えつつ食事をする事で終わった。

それにしても、師匠ズがここまで食べ物に夢中になるとはな。何かがこう、見事にはまったんだろうな。

◆　◆　◆

翌日。ログイン後、早速師匠ズと宿屋の外で合流したのだが――

「今日の修練は、一人で地下一階から地下一〇階へと到達する事としてみたらどうじゃ？　お前だけではなく、我と雨龍も一人で挑戦してみたくてのう」

と、話を振られた。

ふーむ、戦闘をできるだけ避ければ、厳しいが不可能ではないな。それに、厳しいほうが良い修業になる。ここには修業に来たのだから、この手の課題は積極的にこなさないとな。

「分かりました。しかし、私だけではなく師匠達もですか？」

しかし、自分だけではなく師匠達も同じ事をやるというのにはちょっとびっくり。何を目的にするのだろう？

「うむ、我らは罠の見切りと引っかかったときの回避方法を磨くつもりだ。先日はお前がいたので罠にかかる心配はなかったが、この先どうなるかは分かるまい。故に、我ら二人は罠に対する経験を積むいい機会であるだろうと判断した」

ああ、なるほど。有翼人のエリアに乗り込んだ後、常に一緒に行動できるかは分からないものな。

「先日たっぷりと罠を見切って解除する姿を見せてもらった。アースのように分析や解除はできぬまでも、罠の存在を感じ取れるだけでも大きく違ってくるからの」

と、雨龍さん。そうだな、罠があると見破れる面子が増えれば、何かと危険を遠ざけて目的を達成しやすくなるだろう。

「分かりました、では本日の修業はそのように。行ってまいります」

うむ、という砂龍さんの声を聞いた後、自分はダンジョンへ向かっていった。

ダンジョンの中に入ると、そこは部屋の端っこが遠くに見えるバカでかい部屋でした。

そして、自分を見つけたモンスターの皆様が一斉にこちらを向く。

ちょっと待った、いきなりこれはひどくないか!? またも初っ端から大部屋&モンスターハウスのコンボとか……おまけに各種罠もどっさりございます。

が、今回はその罠を上手く使えばこの状況を凌《しの》げる。

（一番接近してきているオークの一団は、地雷の罠を起動させて吹き飛ばす！ その次に来ているゴブリン達は電撃の罠の上に誘って感電死を狙おう！ とにかくモンスターを罠に引っ掛けて数を減らしていく。馬鹿正直に真正面から戦ったら、数の暴力で叩き潰される！）

《危険察知》の表示が真っ赤っ赤になるほどの数なので、もたもたしてたら文字通り圧殺される。

敵が近寄ってくるタイミングを計って各種罠を矢で射って起動させ、地雷で吹き飛ばしたり、屑《くず》籠《かご》にごみを捨てるように落とし穴に蹴り落としたり、あるいは【強化オイル】で吹き飛ばしたり。使える物は何でも使って荒っぽく戦闘を行っていく。

複数を巻き込める地雷とか落とし穴系の罠が近くにあって助かった。鳥などの飛行するモンスターはいなかったというのも幸運だった。

（まあ、入って最初の部屋がモンスターたっぷりのモンスターハウスという時点で、そもそも運は最悪なんだけど……）

でも、嘆《なげ》いていても始まらない。そんな時間があるなら、思考をフル回転させて迎撃方法を考えたほうがよほどいい。

だが、何度も荒っぽく起動させたせいか、さすがに破損して動かなくなる罠が増えてきた。こういうときに限って壊れるのは何なんだよ……特に、確実に数を減らせる手段だった落とし穴の罠が作動しなくなったのは痛い。あと数回は頑張ってほしかったのに。

「ガアアアア！　グオオオオ！」

更に罠で散々仲間をいたぶられた事で、残っているモンスターの皆様は怒り心頭中。しかしなぁ、圧倒的な数で押し寄せておいてやられたら怒るって、それはただの逆切れでないかい？

なんて呟いていても話が通じるわけもなく、モンスターは自分をミンチにしようと各々がおっそろしい形相をしながら迫ってくる。

（このまま接近されたら袋叩きでお陀仏《だぶつ》か——さすがにそれは御免蒙る。罠も軒並み壊れたとはいえ、モンスターの数も大幅に減った。あとは、確実性に欠けるからまだ起動させてなかったんだけど……あれを使ってみるか）

押し寄せるモンスターから逃げる体《てい》を装い誘導。実に素直に追いかけてきてくれる。そして、自分はその罠を意図的に踏んで起動させ、即座にマントの端を握って鼻と口を押さえる。

それは、独特の臭いをまき散らして混乱を誘う罠。ただ、［混乱］って状態異常はプレイヤーが食らうと厄介だけど、一方でモンスターがなるとどう動くか読めなくなる不確定要素なんだよねぇ。今回は数が多いから、同士討ちでも始めてくれて足止めになればいいんだが。

「グガ!?　オオオゴ!?　グーガー！」

さて、その結果は……おっと、これはかなり幸運だ。半数が殴り合いを始めた。残り半数のうち、一部は武器を投げ捨ててダンスを踊り始めた。突然寝っ転がった連中もいるし、自分を追いかけるモンスターの数はガクッと減った。ここが勝機というやつだろう。

「数が多くて厄介だったが、これぐらいなら！」

矢を射て勢いが弱まったモンスター達を、【真同化】を具現化させて更に追撃。動きが止まったモンスターは遠慮なく首を刎ねさせてもらう。ルエットに【真同化】を操ってもらえばもっと楽に戦えるんだが、それじゃ修業にならない。ルエットも自分の考えを尊重しているようで、何も言ってこない。

それからややあって、混乱にかからなかったモンスターの最後の一匹を斬り捨てた。それとほぼ同じタイミングで、モンスター達にかかっていた［混乱］の状態異常が消えたようだ。

ふむ、殴り合っていた連中は五分の一ぐらいまで数が減っているし、残った連中ももう虫の息だな。ダンスを踊っていた連中は疲れ果てているようで、こちらもすでに脅威ではない。寝っ転がった連中は完全に寝てしまったようで、いびきが聞こえてくる。

（罠がないモンスターハウスだったら、どうしようもなかったな。罠が多かった事と、引っ掛ければ一撃必殺となる落とし穴がいくつもあったのが勝因か）

虫の息となっていたモンスターは、矢が一本刺さればあっけなく倒れていく。ダンスで疲れ切って動きが鈍いモンスター達は、【真同化】を用いてできるだけ音を立てずに首を刎ねさせてもらった。

その後、寝入っていたモンスター達を慎重に始末。やってる事がただの暗殺者な気がするが、数の暴力で攻めてきた相手なんだから情けは無用だろう。

最後の一匹を倒すと、ようやく部屋の端にあった扉が音を立てながら開いた。

「ワンモア」のモンスターハウスはこの、中にいるモンスターを倒さなきゃ出られないってところが厄介なんだよな。

「ああー、いきなりしんどかった……」

《危険察知》で周囲に生きているモンスターがいない事を確認した自分は、倒れるような勢いで座り込んだ。

いきなりの熱烈大歓迎にへとへとだ。ここはまだ地下一階の最初の部屋だというのに、もうログイン時間は四〇分を回っていた。かなりの足止めを食らってしまったが、明日も仕事がある以上、あまりログイン時間を延長したくはない。

（ここからはできる限り逃げる事で、時間を節約しよう。決めておいた時間通りに寝るために）

ボヤいても仕方がないし、ここで休んでいたらいつまでも外に出る事はできない。方針を決めた後に気合を入れ直し、立ち上がる。

さて、ここからはとにかく戦闘は最小限に抑えて進むぞ。

16

そうして今は地下三階。あの後、一階と二階では一回も戦闘を行わずに切り抜ける事に成功した。

「師匠達といたときは長々と待たせたくなかったから分からんなんて言ったけど、今はソロ。畑違いとはいえ、機械を弄って調べるのは一度やってみたかったからな」

そして今自分は、再び赤外線もどきトラップを見つけ、その中身を知るべく罠の一部を解体してルエットのサポート付きで仕組みを調べている真っ最中である。

（うーん、いくつもの線のようなものが命令を伝えているようですね）

中身は今まで解除してきたものとは違って、パソコンのマザーボードとか基盤のような感じだった。で、指示系統のどれか一つでも切れれば、即座にアラームを鳴らしてモンスターを引き寄せる仕組みとなっていることが分かった。

「完全解除はなかなか骨が折れるか。これ以上バラせば間違いなくアラームが鳴ってしまうな。魔法で何とかごまかす方法がとれればよいのだが……」

（マスター、あと少し時間を下さい。もう少し調べれば、弄るべき場所が割り出せそうなのです）

「そうか？　なら時間をかけてもいいからじっくり調べてほしい。残念ながら、自分の能力じゃ手の出しようがなくてな」

時間をかけて調べたのだが、結局自分にできるのは破壊する事だけであるとはっきりしてしまった。こういったものを狂わせるコンピューターウィルスのようなものを作り出す能力は、自分にはない。となると魔法の力で解除方法を編み出す必要があるが、自分は最下級の風魔術しか使えない。

ＰＣに詳しい魔法特化したプレイヤーがここにいれば違ったかもしれないが、残念ながら今は自分とルエットしかいない。ルエットでもどうしようもないとなれば、今後この手のトラップは避けるか破壊するしかないだろう。


そのまま、【真同化】を介して罠の内部を弄っていたルエットだったが——やがて【真同化】を引っ込めた。どうやら調べ物が終わったらしい。

（マスター、分かりました。特定の妨害魔法を特定の順番で中の仕組みにかける事で、数分だけご

まかすことができます。完全解除は難しいですが、通り抜けるだけならば何とかなります）

妨害魔法か。俗にいうデバフ系を回路にかけろとは……しかし、それも自分には使えないな。

特定の魔法を封じた魔道具みたいな物はないかと、《危険察知》で周囲を確認した後でバザー系とオークション系掲示板を開いてみたが、やはり見つからなかった。そううまくはいかないか。

「うーん……ルエット、何か他の方法はないか？」

掲示板を閉じながらルエットに聞いてみる。

（方法は二つあります、私が魔法を使ってサポートする。もう一つは、該当する妨害魔法の力を秘めている魔剣などのアイテムを手に入れる事です。私が魔法を使えば、普段蓄えている魔法力が減るので、私を再召喚できるようになるのにかかる時間が増えます。アイテムのほうは運任せになってしまいますね。手に入れば万事解決なのですが、入手確率を考えると……）

最後のほうは言葉を濁すルエット。そうだなあ、魔剣はそうそう手に入らないもんなぁ。今ルエットが宿っているこの指輪だって、普通は手に入らない代物だ。そんなアイテムを再び引き当てる？　考えるだけで頭が痛くなる確率だ。

（遅れましたが、該当する妨害魔法をお伝えします。レベルは低くてよいので、遅延系、麻痺系、幻惑系の三つが必要です。遅延系で判断を鈍らせ、幻惑系でごまかし、麻痺系で機能を停止させます。これで数分ほど罠は沈黙すると思われます。ここで実証もできますが、いかがいたしましょうか？）

　そうだな、本当にそれで罠が沈黙してくれるのかどうか、ここはルエットのお手並みを見せてもらおう。

「頼めるか？　お前を信じていないわけじゃないが、一度この目で見ておきたい」

（それでは、実証を行います）

　そう返答した後、ルエットが再び【真同化】を動かし始めた。さて、どうやるのか。

（――《アクアスロウ》展開。相手の抵抗を貫通した事を確認、《ダークブラインド》を展開。こちらも効果あり、最後に《シャインスタン》を展開――罠の一時沈黙を確認）

　どうやら本当に赤外線もどきトラップが沈黙したようだ。念のため、買っておいた煙草を詰めたキセルに火をつけて煙で確認するが、完全に消えていた。

　早速ルエットの指示に従い、赤外線もどきエリアを駆け抜ける。

「なるほど、確かに消えたな。お手柄だよルエット。あとは、どれぐらい経ったらトラップが再起動するのかを確認しておこうか」

（そうですね、今後のためにその確認はとても大切です）

　ああ、今後のために、な。

そうして、煙を出し続けるキセルを【真同化】でやや離れた場所に設置して、赤外線もどきの復活を待つ……

二分と三十二秒後、赤外線もどきが再び点いた。が、アラームが鳴る様子はない。ひとまず、さっきの方法でこの罠は乗り切れるという事は間違いないだろう。

「よほど長い通路ではない限り、突破できそうか……しかし、このままではルエット頼みになってしまう。いざってときにルエットという切り札を呼び出せないってのは厳しいな……」

ルエットの召喚は、間違いなく自分の持つ札の中でも上位に位置する。以前赤鯨と戦ったときのように、様々な行動をとって状況を改善してくれるのがルエットの持ち味だ。変身とはまた違った強みをルエットが持っている事は、今までの冒険でよく分かっている。

（マスターの旅は予想外外の事態がよく起こります。切れる札は一枚でも多いほうがいい事に私も同意します）

ルエットもよく分かってらっしゃる。まあ、自分の旅を一番長く見てきたのが彼女だ。同行していなかったのは「ワンモア」を始めてから少しの間だけ。フェアリークィーンによって生み出された後は片時も離れる事なく、自分の旅を見てきたのだから。うん、本当に長い付き合いだ。

「そうは言っても、まだ何度かは試してデータをとったほうがいいな。再現性があるか確かめて、いつも等しく通じるという確証を得たいところだ」

（そうですね、今回の罠にだけ通じた可能性がありますし、このダンジョンにいる間に回数を重ねて確実性を高めましょう）

地下一〇階に到達するまでに、またこの赤外線もどきトラップが出てくる可能性は十分あるからな。今だけは避けずに解除する方向で進み、データがとれた後は回避を優先するようにしよう。

そして更に進んで地下八階。戦闘はやむなく行った数回だけで、なるべく回避に徹するスタイルに変更はなし。それでも時間は結構押してきている……時間のかかる事は徹底的に避けて、できるだけ早く地下一〇階に到着したいところ。そう思っていたのだが……

（マスター、モンスターハウスの気配が。その周囲に例のトラップがありますね）

ルエットの言葉通り、モンスターハウスと思わしきモンスターの複数反応と赤外線もどきを確認。当然、床や壁にも罠がいっぱい。そしてその全てがアラームという徹底ぶりだ。

モンスターハウスにうじゃうじゃたむろしていらっしゃるモンスターの皆さんを呼び寄せて、数の暴力でぷちっと潰したいんだという製作者の心の声が聞こえるぞ。

「ここに来てまた、容赦ない配置だな……」

ついぼそりと小声で呟いてしまった。まあ容赦ないのがダンジョンというものだし、そもそもここは最難関エリアだから仕方がないんだろう。黄龍か魔王に変身すればごり押しもできるんだろうが、そんな力押しは自分的にあんまり経験にならないんだよね。

(場所が悪いですね……あの罠の情報をもっと集めたいところですが、今回は避けるほうがよろしいかと)

ルエットの意見に自分は頷いた。さすがにモンスターハウス近くで未確認な点が多い罠の解除を試みるつもりはない。罠の内容がアラームと分かっているならなおさらね。

そうと決まれば、通りたい道にある罠をひたすら静かに解除するだけ。数が数なので時間はかかる。二〇分で済む量じゃない。でも、ここで慌ててアラームを発動させれば、ぴんぽーん、なんてかわいい音を出して和ませてくれるだけなんて事はない。地獄のトレインが発生するだろう。

(あー、数が多いなぁ。しかも罠の仕組みに他の罠のスイッチがしれっと混ざってやがる。本気でこっちを殺しにきているってのがよく分かるわ)

歯車とかの間に、さりげなーく自然な感じで入っているのが実にいやらしい。しかも、見た目はそう見えないように歯車型になっているのがいやらしさを急上昇させている。この歯車型スイッチに触ってしまえば一巻の終わり、容赦なくアラームが鳴り響くであろう……そんな事態は避けたい。

(罠の解除さえできれば戦闘は完全に回避できるようにもなっていますが、仕掛け方がエグイですね。ええ、実に勉強になります)

何の勉強なのですかルエットさん。怖くて聞き出せないんですが……うん、触らぬ神に祟《たた》りなし。

今は罠の解除に専念専念。

そして二五分後、ようやく罠地帯を突破して、地下九階に下りる事に成功した。階段が、罠地帯のすぐ側にあったのは助かった。

(寝る時間が短くなってしまうか。早く宿に戻ってログアウトしたい)

この地下九階がサクっと終わってくれればいいが、階層を一つ下がるごとに罠の数はドカンと増えている。その傾向を鑑みれば、とてもじゃないが簡単に終わるとは思えなかった。

「ぴゅ！」

と、ここでずっと自分の頭上で退屈そうにしていたアクアがひと鳴き。その鳴き声には、モンスターの相手は任せて、という感じが漂っていた。戦闘はとことん回避してきたからなぁ、アクアには余力が十二分にあるんだろう。

「ふむ、じゃあアクア。この階層のモンスターと戦うときは、アクアの力をメインに考えても問題ないね？」

「ぴゅ！」

自分の確認の言葉に、力強く返事をしてくれるアクア。それなら、自分の修業はこの際置いておいて、この階層だけはアクアに暴れてもらうとしよう。罠も即死の危険性があるものだけ解除で、他は回避するか、モンスターに踏ませて利用する形に切り替えよう——そう決めたら早かった。

地下九階まで半放置状態で活躍のなかったアクアが大暴れ。氷が舞い、水が飛び、ついでに敵の首が飛ぶ。また、モンスターハウスを見つけたときは、自分が姿を見せて適当に挑発するだけでモンスターの皆さんが追いかけてくるので、罠のところまで引っ張ってきてハメさせて勢いを削げば、あとはアクアが薙ぎ払ってくれた。

（楽なんだけど、やっぱり自分にとっては訓練にも経験にもならんな、これじゃ。今日はもう普段のプレイ時間をオーバーしちゃってるから仕方ないんだけど。まあ、アクアの魔法訓練にはなっているから、それで良しとしておこう）

目の前では、再び水と氷による殺戮《さつりく》ショーが行われている。敵を水びだしにして氷漬けにした後、ウォーターカッターのようなもので真っ二つにしていくアクア。ウォーターカッターの射程はリアルだと非常に短いとかって聞くが、そんなのはどこ吹く風、五〇メートルぐらい離れている相手をバッサリと切り捨てている。ただ、コントロールがまだ甘いようで、凍りついておらず動ける状態のモンスターにはかなり命中率が悪いようだ。

（そういうところは、アクアもまだまだ修業が足りないって事か。お互いにもっともっと切磋琢磨《せっさたくま》していかなきゃな）

アクアの戦いを後ろから眺めつつ――時々横からやってくるモンスターを【真同化】で斬り伏せつつ、そんな風に思った。だが、未熟というのはまだ伸びしろがあるという意味でもある。だからがっかりする必要はないのだが……問題は、その伸びしろ分の成長をする時間があるかどうかだ。

（アクアもしばらく、ソロで活動させるべきか？　自分と一緒にいると、どうしてもアクアの戦闘時間は減るからな）

アクアの魔法は大事な戦力になる。その戦力がまだ伸びると分かってなおそれを阻害するのは、愚かというものだろう。

いざ決戦、という場に到達した際に『あのときもっとあれをやらせておけば』なんて思っても手遅れに過ぎる。この後待っているのは戦闘ではない、戦争だ。戦争ならば、事前の準備が如何に出来ているかで勝敗が分かれる事は、歴史が教えてくれている。

（幸いこのダンジョン内であれば、他の人に出くわす心配はまずない。目いっぱいアクアを戦わせて経験を積ませてやれる、数少ない好機だろうな。その好機を捨てるような真似はすべきじゃない）

明日からの行動はアクアと別にすると決めながら、ダンジョンを歩く。

目の前ではまだまだ力が有り余っているアクアが無双状態でモンスターを千切っては叩きつけ、千切っては凍らせてと暴れまくっている。

このスピードなら、この階層はあと少しで終わりそうだ。何とか、就寝時間がいつもと一時間以上ズレないで済みそうだな——

17

「――という事を前回のダンジョン攻略中に思ったのですが、どうでしょうか？」

翌日、師匠ズと合流した後に自分の考えを伝えてみた。自分の話を静かに聞いていた師匠ズであったが、お互いに一度頷き合ってから、自分に顔を向けた。

「話は分かった。ならば、本日は二組に分かれて中に入る事としてはどうだ？　アース、お前は私についてくる形でやってみないか？」

「うむ、ピカーシャはわらわと共に来ればよかろう。教えた事のおさらいをしながら進むという形なら経験を積めるじゃろう。どうじゃ？」

師匠ズの提案に、自分とアクアは頷いた。あらゆるパターンを想定した戦いを行うのに、このダンジョンはうってつけだ。試せる事は何でも試しておくべきだ――取り返しがつくうちに。

そうして砂龍師匠と二人ＰＴを組んだ自分は、アクアと雨龍師匠が先に入ったのを見届けた後、ダンジョンに入ろうとしたのだが……

「おい、そこの二人組。そのダンジョンは二人じゃキツいぜ？　俺達と一緒に入ったほうがいいぞ？」

と、声をかけられた。これだけなら親切心から出た言葉とも受け取れるのだが……残念な事に、声をかけてきた四人組の一人の口元が僅かながらいびつに歪んでいた。

こういう輩《やから》はたいてい碌な事を考えていない。おそらく、こちらをいざというときの囮《おとり》要員に使う腹積もりだろう。もしくは、隙を見て財布でもスリ取るつもりかもな。〈義賊頭〉のアーツの一つである《義賊の頭》も久々に反応している。

(師匠、どうします？少なくとも、こいつらは悪意を持って近寄ってきていますが？)

寄ってきた連中には「少し相談させてほしい」と頼んで、砂龍師匠に小声で話しかける。

(いい機会だ。こういった悪党をあえてそばに置き、対処しながら地下一〇階を目指す事を今日の修業内容としよう。あの者達には、お前の教材代わりとして役に立ってもらおう)

これも修業としてしまうおつもりですか、砂龍師匠。だが、そういうのも面白いかもな。こちらを罠にかけようとした連中を逆にハメてやるのも、一興というもの。

(分かりました、では修業開始という事で)

砂龍師匠と頷き合った後、声をかけてきた人物に「では、そちらに加入させていただきます。よろしくお願いします」と何にも気がついていないように見えるよう努めながら返答した。

向こうも「おう、よろしくな？　大船に乗ったつもりでいてくれよ」と返してきた。

よくもまあそんな事を言えたものだ、大船に見せかけた張りぼての船だろうに。無論、そんな事を考えていると分かるような表情は浮かべないけどね。

このように、お互いがお互いを黙し合う事を前提にして、ダンジョンの中へ。いつ裏切ってくるのかを見切る事も、修業のうちだろう。

そうして地下一階、二階は何事もなく進んでいき、三階へ下りた途端、あの寒気が自分を襲う。どうやらこの階層には危険地帯があるようだな。

（どんな危険があるのかはまだ分からんが、向こうが裏切る要素の一つがやってきたか。今のところ特に何の兆候も見せず、たわいない雑談をほどほどに交えながら進んできた。おそらくそうやって、こちらの警戒心を解いているつもりなんだろうけどな）

〈義賊頭〉の自分に、その手の手段は通用しない。そしてもちろん砂龍師匠もこの手の連中のやり口ってのはよく分かってるだろう。だからあとは、連中がこっちをハメようと動く瞬間だけ見切ればいい。モンスターの中に突き飛ばしてくるとか、戦闘の最中に後ろに回り込んで《バックスタブ》で攻撃してくるとかあたりか？　意外性のある方法をやってくればいい経験になるから、それに期待したいところだが。

「この階もさっさと進もうぜ。お宝はまだまだ先だしな」

向こうの四人のうちの、盗賊系スキルを持った奴がそんな事を口にする。なるほど、今のが暗号代わりか。例の悪寒で、この階に何かがあると気づいたんだろう。

警戒していなければ普通の言葉に聞こえるかもしれないが、タネが分かっていると一気に怪しく思えるな。

（師匠）

（うむ）

師匠と小声で囁き合う。これで十分確認が取れる。

さて、何食わぬ顔でダンジョンを進んでいた集団であったが、ついにモンスターハウスが目に入った。あれが、この階層にきたときに感じた悪寒の原因だろう。

と、そこで四人組が突如、武器を盾などにぶつけてでかい音を立て始めた。当然こっちに気がつくモンスターの皆さん。そして自分と砂龍師匠に投げられる、暗い緑色をした液体が入った瓶。ここで仕掛けてきたか——つまらない。

「倒れて外に追い出される前に、お前達の持ち物は遠慮なく頂いていくぜ！　俺達が有効活用して……って、なんだと⁉」

こちらに投げつけられた瓶は、全て割れずに受け止められていた。つまらない攻撃だったな、投擲の速度もスローすぎて、退屈で仕方がなかった。余裕で掴み取れたよ。

さて、おそらく瓶の中身は麻痺毒か昏睡薬ってところだろう。つまり、逆にこちらが投げつけてそれを奴らにたっぷりと浴びせてやれば――

「麻痺毒か。ま、力尽きたあんたらの装備は全部はぎ取って、ダンジョンマスターの部下の皆さんに報告と共に届けさせてもらう」

「うむ、あとはお前達に十分痛い目にあってもらうだけだ。悪事をやったら、それ相応の罰がないといかんからな。このダンジョンで人は死なぬ故、心ゆくまで味わっていけ」

自分達が用意した麻痺毒を自分達の体で食らった悪党四人組は、動けなくなって地面に倒れ込んでいる。モンスターはもちろん倒すが、先にモンスター達にはこの四人を始末してもらわないとな。奴らの会話からして、このダンジョンで倒れた場合、プレイヤー同士でない限り死に戻りする前に装備をはぎ取れるようだからな……こいつらが悪事を繰り返さないように装備は取り上げさせてもらう。その後の事は、ダンジョンマスターの部下の皆さんに判断を任せよう。


そしてしばらく後。自分達をハメようとした四人組がお陀仏した事を確認し、砂龍師匠と協力してモンスターを殲滅。時間がなくて装備全ては間に合わなかったが、武器と盾、上半身の鎧は何とかはぎ取る事ができた。それらは、犯罪者着用装備、と明記したアイテムボックスの一か所に固めて入れておいた。

「魔物を使って相手を殺して装備をはぎ取る小悪党か……つまらん奴らだった、この程度では全くアースの経験にならぬな」

砂龍師匠の言葉に、自分も「まったくですね」と返しておく。

あいつらがはぎ取った装備を売っていた先や、資金を洗浄していた方法は、義賊小人の部下を使って調べて——いや、そんなまどろっこしい事はせず、潰してもらおう。どうせ碌な連中じゃないんだから。調べた結果次第では別の手も考えるが、基本的には潰す方向でいいだろう。

「無警戒の相手には通じるでしょうけどね……今までそれで上手くいっていた方法だから、そこから更に上を目指さなかったんでしょう。まあ、悪事の腕を磨かれると困るんですが」

正直言って、四人組の腕はそこそこあった。あれならまっとうな冒険者として生きてもそれなりに稼げるだろうに……もっと金が欲しいのかね？　少しの手間で大金を掴みたいのかね？　そうやって悪事に手を染めれば、因果応報な目にあうのにな。それとも『自分達は捕まらない』なんて都合のいいイメージしか頭にないのか？

「真摯《しんし》に精進《しょうじん》を重ねていればそれなりの使い手になれる者もいたが、あれではその芽も立ち腐れる。本人の性根の問題はもちろんだが、周囲にも導く者がいなかったのだろうな」

——そうかもしれない。不幸にも性根が歪んでしまっても、それを叩いてまっすぐにしてくれる人がいれば更生できたかもしれない。だが、悲しいかな……そういう人はなかなかいないものなのだと改めて感じた。

「せめて自分はあんな事にならぬよう、精進します」

「うむ、そうあってほしいものだ」

さて、ダンジョン探索を再開しよう。今回は何が待っているかね？


「順調すぎませんか？」

「うむ、なんとも張り合いがないな」

ダンジョン探索を再開したはいいが、すんなり進めてしまっている。モンスターハウスもなければ鬼畜トラップもない。もちろんモンスターがゼロというわけではないが、自分一人でもどうにかなる数しかおらず、砂龍師匠はしばらく戦っている自分を見ているだけになっていた。

「このダンジョンがすんなり先へと進ませてくれるというのは、気味が悪い……」

今までの難易度から比べると、今回の探索ははるかに易しい。だからこそ気持ちが悪い。こういうときは、どこかででかいトラブルが大口を開けて待っているものだから。

たまに襲ってくるモンスターは倒し、ぽつぽつとある罠は回避して先に進む。そんな感じで、気がつけばすでに地下九階へ続く階段の前にまで到着してしまっていた。

「そろそろ、地下一一階に挑んでもよいかも知れぬな。ここらの魔物ではもはや相手になっておらぬようだしな」

砂龍師匠の言葉に頷きつつ、歩を進める。確かにそろそろもっと下に向かってもいいだろうな、修業には厳しいぐらいがちょうどいいのだから。

砂龍師匠とそんな話をしながら地下九階に降り立つと——そこには、一人の人物が仁王立ちをしていた。

「久しいな、人よ。今一度汝《なんじ》との勝負をしたく、ここで待たせてもらっていた。さあ、手合わせ願おうか」

それは、かつてここのダンジョンで戦った浪人風の女性だった。相変わらず得物は大太刀のようである。

「知り合いか？」

「ええ、以前戦った事がありまして」

砂龍師匠の問いに短く返す。ああ、自分の【ドラゴンスケイルライトアーマー】の命脈を断ち切ってくれた事はしっかりと覚えている。あのときは決着の直前でダンジョンマスターが制止に入ったが……

「ならばアースよ、この申し出を受けよ。ここまでこれといった難所がなかったのは、おそらくお前が指示を出したのだろう？」

砂龍師匠の問いかけに、浪人風の女性は「然《しか》り、私が汝の存在に気づいた後は、汝らの道をあまり阻む事のないように指示を出していた」と返答。だからここまで来るのがやたらと簡単だったのか。

「これも修業だ、存分に戦うがいい。我は手を出さぬ」

そう言うと、砂龍師匠は離れた場所に腰を下ろして傍観の態勢に入る。

そう、だな。あの時の自分と今の自分、どれだけ違うかを確かめるにはいい相手かもしれない。

左手に【蒼虎の弓】を握りしめ、戦闘態勢に入る。浪人風の女性も大太刀を鞘《さや》から抜き放ち、ゆっくりと構えた。

そうしてお互いの視線をぶつけ合ったところで、砂龍師匠が告げた「始め！」のひと言が、戦いの始まりの合図となった。

まっすぐ自分に向かって距離を詰めてきた浪人風の女性に対し、自分も距離を詰めながら【真同化】を右手に具現化させて二、三回刃を交わす。

金属音がその回数だけ周囲に響き渡り、そしてお互いに示し合わせたかのように距離を取って、再び睨み合いとなる。

「むうっ!?　なんだその刃は！」

「自分も魔剣も進歩したらこうなった、それだけの事だ――続けようか」

自分の言葉が終わったとほぼ同時に、斬り合いが再開された。

女性の振るう大太刀の刃は鋭く、速い。だが、今までの冒険で培《つちか》ってきた目と体ならば対処できない速度ではない。刃を受けながらもタイミングを計り、【真同化】で大太刀の左横側を強《したた》かに叩いてやる。すると僅かながら大太刀の動きが鈍ったので、相手の親指を狙って斬りつけたのだが、これは避けられた。

「指切りを狙うか！　確かに以前の汝とは違うようだな……道具もなし、弓も使わずにその剣のみでこうも戦うとは」

そりゃ、まあ。以前出会った後に色んな場所に行って、魔剣の世界も覗いて戦ってきたんだ。それだけの経験を得ておいて、以前と大して変わりません、なんて事だったら悲しすぎる。変わらないって事は、経験を全く生かせていないって事になるんだから。

「色々な場所を旅してきた、様々なものを見てきた。そういった経験があるのだから、以前と違って当然と言わせていただこう」

自分の言葉に、女性は大太刀を構えたまま「こちらも、ただ怠惰《たいだ》に日々を送ってきたわけではない。それをお見せしよう」と答えた。

三度睨み合いながらも間合いを詰め、間合いに入ったらお互いの刃が再び閃《ひらめ》いて交差する。金属音がまた周囲に響き渡り、火花が舞う。自分と女性のどちらもがアーツなど一度も使わず、純粋な剣技のみで勝負を続ける。

（向こうの刃を振るう速度が上がっているな、重さも増してきた。が、この程度ならまだまだどうにでもなる、これより辛い戦いなどいくらでもあった）

今までの経験は、はっきりと自分の血と肉になっていたようだ。相手とのスキルレベル的には差が大きかったとしても、これまでこの世界を旅してきた経験がそういった差に対する対処方法を導き出す。なので一定の余裕を維持しながら刃を交わし続けられる——事に自分自身がちょっと驚いた。

「これだけ刃を交わしてなお、まだ余裕があるというのか！　——やはり世界は広いな、そんな広い世界を旅してきたであろう汝は、以前とは比べ物にならぬぐらいに強くなったか。どれだけ修練を重ねようとも、閉じられた世界と開かれた世界の差はこうして残酷なほどに出るものなのだな。しかし——」

乱れ始めた呼吸を整えつつ、再び大太刀を構え直す女性。

「私とて、たやすく負けてよしとするような考えは持ってはおらぬ。もうしばらく、続けさせてもらおう」

その女性の言葉に、自分も無言で剣を構え直す。

ここでスネークソードの能力を生かして、相手の間合いの外から攻撃を続ければ一方的に斬り刻める、という考えが頭の中にちらついた。しかし、だ。

（無粋《ぶすい》無粋、それはあまりにも無粋じゃないか。こうして決死の表情を浮かべてくる相手に、そんな行動をとるのはな。戦争ならまだしも、こんな状況下でそれをやってしまうのはあまりにつまらない）

それに、楽をすればするだけ修業からは遠ざかってしまう。見ている砂龍師匠も多分そう思っているだろう。ここは、かつてやられた相手に真正面から戦って勝つぐらいの事をしないとダメだ。それぐらいはできなきゃ、今後の戦いで勝ち残れない。

「行くぞ」

そのひと言と共に、女性はまっすぐこちらに接近しながら大太刀を振るってくる。おそらくは今までで一番速く、一番重い一撃。だが、それでもこちらの限界に到達するものではなかった……情けは無用、そのひと太刀を薙ぎ払った直後に、女性の心臓付近を狙って【真同化】を突き刺した。その突きはほんのわずかに手に抵抗を感じさせたものの、それだけで女性の体を貫通した。

「——ふふ、見事だ。こうも見事にやられたら、腹立たしさよりも賞賛が先に来るというものだ」

女性の手から大太刀が滑り落ち、乾いた音を立てた。

「このような場所で生まれ、外に出られぬ身である事を呪ったりしたときもあったが……ああ、一人の勇士と真っ向勝負で負けて終わるのなら、そんなに悪くはない」

女性の体は、徐々に光となっていく。

「もし来世というものがあるのなら、次は外の世界で汝と共に旅を――」

その言葉を最後まで言い切る前に、彼女の姿は全て消え去っていった。使っていた大太刀と共に。

「縁があれば、そのときは共に」

そんなひと言を呟いてから黙礼。

と、砂龍師匠が近づいてきた。

「うむ、なかなかの戦いぶりであった。だからこそ、あの者もアースに対する恨み節は残さなかったのだろうよ。では進むぞ、お前はまだ立ち止まれまい？」

この言葉に頷いて、自分は師匠と共に歩き出した。

どうもあの女性はこの階にモンスターを完全に入れていなかったようで、地下一〇階への階段にあっさりと到達。

かつての強敵を下した事だし、明日からは地下一一階へと進んでもいいかもしれないな……

STATUS

【スキル一覧】

〈風迅狩弓〉Lv50（The Limit!）〈砕蹴（エルフ流・限定師範代候補）〉Lv46 〈精密な指〉Lv54

〈小盾〉Lv44 〈蛇剣武術身体能力強化〉Lv31 〈円花の真なる担い手〉Lv10

〈百里眼〉Lv44 〈隠蔽・改〉Lv7 〈義賊頭〉Lv87

〈妖精招来〉Lv22（強制習得・昇格・控えスキルへの移動不可能）

追加能力スキル

〈黄龍変身・覚醒〉Lv15（Change!）〈偶像の魔王〉Lv7

控えスキル

〈木工の経験者〉Lv14 〈釣り〉（LOST!）〈人魚泳法〉Lv10

〈ドワーフ流鍛冶屋・史伝〉Lv99（The Limit!）〈薬剤の経験者〉Lv43 〈医食同源料理人〉Lv25

ExP53

18

「と、いう事がありまして。そろそろ地下一一階に足を踏み入れてもいい頃合いなのではないかと」

あの浪人風の女性との戦闘後に地下一〇階へと下りたわけなのだが、アクアと雨龍さんはすでに到達していて、二人ともパフェを食べていた。なので先程の戦いの結果を報告しつつ、そう話してみた。

「ふうむ、なるほどな。そろそろ次に行くかどうかをここで話そうとは思っておったが、お主がそう言ってくるのであれば、進もうかの」

雨龍師匠の言葉に、砂龍師匠も頷く。今日はこのまま先に進む形になりそうだな。もちろん望むところである……近く戦う予定の敵が敵だから、少しでも強くなっておかないと簡単に呑み込まれる。そんな結末になってしまったら、力を貸してくれた方々に申し訳が立たない。

「鉄は熱いうちに打て、と言う。今のお前はまさにその打つべき熱い鉄。ここで十分な休息を挟んだ後に地下一一階へと下りる、それでよいな？」

砂龍師匠の言葉に、自分は頷いて肯定の意を伝える。マスターには紅茶とサンドイッチの軽食セットを頼み、空腹を癒しながら気合を入れ直す。が、過剰な気合は却って体が硬くなって動きを悪くするので、ほどよい加減に抑えている。

「ふう、馳走《ちそう》になったぞマスター。代金はここに置くぞ」

「ありがとうございました、地下一一階はより厳しい難所が待っているらしいですからね、お気をつけて」

雨龍師匠が全員分の代金を置くと、マスターがそんな忠告をくれた。今回は雨竜師匠の奢《おご》りらしいので、素直にお言葉に甘えた。

マスターに見送られながら地下一一階へと足を踏み入れると、そこに待っていたのは――

「砂漠、か」

そう自分は呟いた。いくつかのサボテンが生えている事を除けば、辺り一面砂ばかり。いや、よく見れば、すり鉢状の穴もいくつかある……規模がでかいが、お約束のアリジゴク的なモンスターが穴の下にいるんだろう。うかつに近寄ったり、モンスターとの戦闘で誘導されて叩き落とされたりしないように気をつけよう。

「日差しが強いのう、目をやられぬように太陽の位置を把握しておくのじゃぞ」

雨龍師匠の忠告が入る。地下だが、なぜか太陽があるのはご愛嬌だ。

遮るものがないからな……こんな強い太陽光を直接見てしまったら、短時間の目潰しを食らったかのような状態になってもおかしくはない、な。気をつけよう。

「とりあえず進むか、そのうち何かしらの仕掛けが待っているはずだし……」

地形に気を取られたが、ここはダンジョンの中。ただの日照り戦法で焼き殺して先に進ませないなんて手はやらないはず。無論、それもトラップの一つではあるんだろうが、メインではないと思われる。きっとここを抜けるための手段がきちんとあるに違いない。

「どのような魔物がやってくるか分からぬ、常に周囲に気を配れ」

砂龍師匠の言葉に頷き、行動を開始。とりあえず周囲に気になるものはないので、まっすぐ進む事にした。幸いこの暑さであっても、魔王様から貰ったマントが熱をはじいてくれるのでそれほど苦しむ事はない。アクアと雨竜師匠はわずかに氷と水を自分の体の周囲に張り巡らせて対処。砂龍師匠だけは何も対策をしていないが、何事もないかのように平然としている。

「来た、右側から何かの存在がこちらに近づいてきています。砂の中に潜っている可能性もあるので、姿が見えなくても注意してください！」

しばらく歩いていると、《危険察知》が敵の接近を告げてきた。数は五、表示が正体不明なので初めて出会う敵となる。

敵がやってくる方向に目を向けるが、姿は一向に見えない……《危険察知》がなかったら、直前まで気がつかなかった可能性が高い……厄介だな、砂に潜れるってのは。それでも近くまでくればそれなりの音はするようだが。

そして、砂を巻き上げながら現れたのは、でかいサソリだった。

「来たか。では早速始めようかのう」

雨龍師匠の言葉に反応したのか、サソリ達はこちらに急接近。半ば取り囲むような陣形を取った後に、針状になっている尻尾の先端を振り下ろしてきた……ので、カウンター気味に【真同化】で斬り飛ばしてあげた。重そうな音と共に、砂の上に尻尾が転がる。

「キッ、キキキッ」

尻尾を切られたサソリだが、痛みに悶《もだ》える様子は見せない。これだから痛覚のない昆虫系は面倒なんだ……サソリって昆虫だっけ？　まあいい、とにかくダメージを与えても痛がる様子を見せない奴は厄介だって話だ。

さて、次はこちらから攻めよう。ソードモードの【真同化】を振りかざして、サソリの左側の爪を軽く狙ってみる。

「せいっ！」

「キッ！」

【真同化】の刃は、サソリのでかい爪の丸みを帯びた部分で受け流されてしまった。だがこちらもそこまで強く力を入れて振ったわけではなかった事が幸いして、大きな隙を見せずに済んだ。

ここで、横にいたサソリが尻尾の毒針を自分に突き刺そうとしてきたが――それは横から伸びてきた手に掴まれて阻まれた。この手は雨龍師匠か。

「浮気とはつれないのう、もう少しわらわと遊んでくれてもよいではないか」

そんな言葉と共に、サソリのしっぽを握り潰してしまう雨龍師匠。うわぁ、さすが龍の体が生み出す腕力は凄まじいね。

「浮気者には相応の結末を、ってわけじゃないけど……」

雨龍師匠に尻尾を握り潰されたサソリが痙攣《けいれん》したかのように震えたので、【真同化】を伸ばして顔面をぶち抜かせていただいた。これがどうもクリティカルポイントを貫いていたようで、攻撃を受けたサソリは即死。敵は残り四――

「ぴゅい」

あ、アクアが空中に作った大きな氷塊でサソリを一匹押し潰した。砂龍師匠は抜き手でサソリの顔面をぶち抜いていらっしゃる。あれはもう耐えられないな……これで残り二。

って、雨龍師匠はどこ行った?

「さてと、わらわも倒させてもらうかのう」

あ、いつの間にか生き残りのサソリのうちの一匹の上に移動していた。そしてそこから繰り出されるのが、無情な掌底の一撃。

「はっ！」

「ギイイィィィ!?」

断末魔を上げて、また一匹サソリは光となった……最後に残ったのは、自分に尻尾を切られたサソリだ。

「キッ、キイッ……キィィ！」

そしてそいつはもはや敵わぬと知るや、全力で逃げを打った。射程範囲内だから【真同化】を伸ばして後ろからトドメを刺してもよかったんだが……

「逃げた奴をわざわざ追いかけても修練になるまい」

との砂龍師匠の言葉もあって、そのまま放っておいた。まあ、逃がしちゃいけない相手ってわけでもないし、いいだろう。もう一度仲間を集めて襲ってくるなら、返り討ちにするだけだ。

さて、移動を再開しましょうか。この砂漠を抜けるための手掛かりを探さないとな。

その後、砂漠を歩き回りながら数回ほど、襲い掛かってくるサソリ達の集団と戦った。サソリの中には足元の砂の中から急に襲ってくるタイプもいたのだが……

「全部こっちにはお見通しなんだよなぁ……」

《危険察知》の仕事のおかげで、不意打ちが不意打ちになっていない。逆にこっちが待ち構えてカウンターをぶち込むチャンスになっていたり。何せ、はさみで捕まえて一気に勝負を決めようと勢いよくやってくるものだから、こっちが回避に成功すれば向こうはすっかり隙だらけ。その隙を逃すような面子じゃないからね、こっちも。

「相手の動きを見通せるというのは、素晴らしい武器だからのう。その力をこれからもしっかり鍛えるのじゃぞ」

とは雨龍師匠の言。ま、言われなくてもこういう旅をしていれば自然と鍛えられますけどね。それに、相手の位置を知れる事が武器であるなんて重々承知である。FPSゲームとかやった事がある人ならよく分かるだろう、もしチームの動きが相手側に筒抜けであった場合にどうなるかなんて。よっぽどの腕の差がない限り、ワンサイドゲームになるよね。

「しかし、周囲の景色は全く変わらぬな。このまま何の変化もないのか？」

こちらは砂龍師匠。あれからかなり歩いたが、周囲はまだ砂だらけ。たまにサボテンが生えているだけの代わり映えしない風景が続いている。

何かをすれば変化が現れるのだろうが、その何をすればいいのかのヒントが全くないのだ。これでは予測を立てようにも立てられな――

「ただ、お客さんは来るようです、数は八。あ、ただ今回はちょっと違うようですよ。未確認のモンスターが一匹います。サソリの親分が出てきたかもしれません」

再び《危険察知》が敵の接近を教えてくれる。その情報通りに、サソリ達が砂の中から姿を現す。だが今回は、いきなり襲い掛かってくる事はないようだ。

【汝らに問う、なぜに我が同族を狩る】

おっと、表現しにくいが、妙に聞き取りやすい声が聞こえてきた。

しかし、なぜに同族を狩る、と来ましたか。そんな事を言われてもなぁ。

「何もせずただ黙って狩られろと？　こちらから言わせてもらえば、そちらが襲ってくるから返り討ちにしただけの事。それが嫌ならば、はさみや毒針をこちらに向けねばよいのではないか？」

ちょっとイラっとしたので、少々言い返した。散々襲ってきておいて、やられたら不満を漏らされてもね。

【なるほど、刃を向けられればそれに対抗して戦う。それは全くおかしい事ではない――あの者達は我に虚を語ったか。一方的に襲われてどうしようもないから懲らしめてほしい、などとよく言えたものだ、情けない】

サソリの世界にもそういう奴がいるのか……というか、襲ってきたサソリは普通にモンスターだと思ってたが、そうじゃなかったんだな。

【貴殿らに詫びよう、申し訳なかった。手伝える事があるのならば、償《つぐな》いとして承ろう。何かある

か？】

ふむ、手伝える事、か……師匠ズに確認を取ってから、サソリの親分に返答する。

「それならば、一つ。この砂漠を抜けて次の場所に行く方法を知りたい。歩けど歩けど変わり映えのしない景色が広がっているばかりで、どう動けばいいのか悩んでいたところなので」

この自分の申し出に、サソリの親分は【ならば先導しよう、こちらだ】と答えると、取り巻きを従えながらこちらの歩行速度と同じぐらいのスピードで先導を始めたので、ついていく。

そうして歩くこと数分、自分達はピラミッドの先端部分がチョコトンと砂の中から顔を出している場所に到着した。

【この中に入るがいい、下りていけば先に進めるはずだ】

少し調べると、ちょっとした仕掛けが見つかり、下に続く階段が姿を現した。どうやらここがゴールで間違いないな。

「案内に感謝する。しかし、ここに来る方法がさっぱり分からなかったな……」

ヒントなんて全くなかったから、このサソリの親分が現れなかったらまだまだ砂漠を彷徨《さまよ》っていた事だろう。

【人の子よ、次は汝らがサボテンと呼ぶ植物に注目するがよい。あの植物が花を咲かせている事があったのに気がついていたか？】

む、どうだったかな……サソリの親分の言葉で、ここまでの記憶をさかのぼってみると……

「そういえば、たまに花をつけたサボテンがあったような？　師匠は覚えていますか？」

そう聞いてみると、雨龍師匠は「そういえばいくつか、花をつけておったな」と。砂龍師匠もそれに頷いている。

【その花がついている方向がここへの道しるべだ。覚えておくがよい】

そんな形でヒントがあったとは……残念ながら自分は見抜けなかったが。分かる人にはすぐに分かるんだろうな。推理物とかが好きで、ストーリーを追うだけではなくトリックを本気で見抜こうとするタイプの人ならば、簡単だと言ってのけたかもしれない。

「そうか、いい事を教えてもらった。次からは長々と砂漠を歩かずに済みそうだ。それと、仲間に言っておいてくれ。あくまでこちらはこの場所に修業のために来ているのであって、好んでそちらと血を流し合いたいわけではないと」

戦うのも修業のうちだけど、ね。だがさすがに戦意無き者に刃を振るうつもりはない。

【了解した。それと我に虚を伝えた者には、こちらで念入りに灸《きゅう》をすえておこう。では、さらばだ】

そう言い残すと、サソリの親分とその取り巻きはその体を砂の中へと沈め、すぐさま離れていった。一応師匠ズにも去っていった事を伝えておく。

「それにしても、花の位置で知らせるとはな……やはり時には外に出て、世間というものを覗いておかねばダメだ、という事か……」

いや砂龍師匠、気持ちは変わりますが、今回出てきた事例は例外中の例外でしょうに。ヒントというには、あまりにも分かりにくいものでしたよ？

「でも師匠、次からはスムーズにここに到着できるのですから、歩き回ったのも無意味ではないでしょう。さ、階段を下りてみましょう」

腕組みをして考え込む砂龍師匠に、先に進みましょうと促す。

そうして階段を下りた先には、予想通りにピラミッド風な通路が広がっていた。ここが地下一二階という事になるんだろう。ピラミッド風だと、罠の数がこれまで以上に多い予感がする。今までやってきたゲームに毒されているが……慎重に進もうか。

「さて、何が待っておるのか楽しみじゃ」

雨龍師匠がぺろりと舌なめずりをした。本当に何が待っているんだろうね？　ま、ミイラ系のモンスターは出てくるだろうな。

さあ、攻略再開といきますか。

19

そしてダンジョンの中を歩いていくと、予想通り、ピラミッド系ダンジョンならこれが出てこないと始まらないでしょ、と言わんばかりにミイラのモンスターが登場した。ご丁寧にも、置かれていた棺《ひつぎ》の蓋《ふた》が突如開き、中からむっくりと起き上がる演出付きで。ただ──

「少々、数が多くないかえ？」

雨龍師匠が言うように、妙に数が多い。前にも後ろにもすでに大量のミイラが。更に言うなら、まだ増殖中みたいである……

「まあ、これもいい修業だ。全て斬り伏せるぞ」

砂龍師匠はいつも通りの雰囲気のまま大太刀を抜き放った。雨龍師匠のほうは薙刀《なぎなた》を取り出している。自分も【蒼虎の弓】を構える。

ミイラ達はしばしこちらの様子を窺っていたが、やがてこちらに向かってなだれ込んできた事が戦いの開始を告げる合図となった。

「はっ！」

「むんっ！」

師匠ズの大太刀と薙刀が、美しい曲線の幻影を残しながら次々とミイラを倒していく。自分は師匠ズの動きを邪魔しない事を最優先にしながら、【重撲の矢】を放ってミイラの頭を吹き飛ばす。

一体一体の強さは大した事なく、耐久力も低いようだな。師匠ズの攻撃だけでなく、自分の矢でもヘッドショットすれば一撃で倒せている。だが、なかなか数が減らない。

「師匠！　更にミイラの団体さんがここに向かっています！　数は数えるのが面倒なほど！」

というか《危険察知》で見える表示が真っ赤っ赤すぎて数え切れません。まさに数の暴力による猛攻が来る。周囲にいるミイラ達を手早く処理しないとその数で潰されかねない、物理的にべちゃりと。

「ぴゅうぅい！」

ここでアクアが氷の刃を四方八方に飛ばし、後方から押し寄せようとしていたミイラ達を大勢バッサリと処理。加えて自分が【強化オイル】を数本ぶん投げて更に数を削る。

「《閃山《せんざん》》！」

「《刀武《とうぶ》・水流法《すいりゅうほう》》！」

そこへ砂龍師匠の大太刀が煌《きら》めいた瞬間、前方にいるミイラ達の胴体に線が走り、ずるりと体の上下がズレてから崩れ落ちる。

雨龍師匠の薙刀からは大量の水が放たれ、ミイラ達を無理やり後方に押し流しながら切り刻んでいく。なぜ切れるのかがよく分からないな、ウォーターカッターみたいなものが水の中に紛れているのかもしれない。

「あと一五秒ほどで接触します！　挟み撃ちなので逃げ場はありません！」

師匠ズの大技で、現在戦っているミイラの数は数えるほどになったが、更に多くのミイラ達がやってくるので息をつく暇がない。この階層は侵入者を数で押し潰す方針なのか？　近くに利用できる罠もないので、このまま戦闘によって倒すしか手段がない。一体一体は弱めとはいえこの数だ、いけるのか？

「数が多い、挟み撃ち。そんな事は戦いの世界に身を置けばよくあるものだ。心を穏やかな水面のように保て、焦りは相手に勝機を与えるだけと心せよ」

そんな言葉が砂龍師匠から飛んできた。そう、だ。焦ったところで意味はないどころか、負ける原因となりうる。

アイテムボックスから硬めの燻製肉の欠片を取り出して口の中に入れ、じっくりと噛む。この肉はガムの代わりだ。噛む事でイラツキを抑えて、心を落ち着かせるのに一役買ってくれる。これは自分のリアル経験から来ているので、実際に効果がある事は分かっている。

砂龍師匠の声かけと、肉を噛んだおかげで、接敵する前にある程度気分が落ち着いた。弓は特に焦ると当たらなくなるからなぁ。ちゃんとミイラにヘッドショットができているのだから、自分の焦りは許容範囲内に収まっているようだ。

これまでよりあえて動作をゆっくりめにして、ひと呼吸置きながら矢を放つ。誤射なんかしたら、師匠といえど調子が狂うかもしれないからな。

「数は確かに多いが、この程度の輩に倒される事などあり得ぬな。気を抜けとは言わぬが、必要以上に気を張る必要もないぞ」

雨龍師匠からもそんな声が飛んできた。やれやれ、お二人の感覚からしてみれば自分は子供にすらなっていない存在なのかもしれないな。以前聞いたが、龍人は短くても四〇〇年は生きるという寿命の長い種族だ。龍神ともなればそれよりももっと長くの時の中を生きてきたはずだし……

「了解です、一体一体を確実に貫きます」

自分の返答に、師匠ズもそれでいいと言ってくれる。

そこからは、ただひたすら襲い来るミイラ達を倒し続けた。師匠の言った通り、慌てず確実に戦えば問題はなかった。前衛を張る師匠ズがミイラ軍団を一定距離以上近寄らせなかったし、アクアの氷の魔法も相手を次々と沈めていく。

自分もそれに続くだけで、この戦いは全部済んでしまう——なんて事はさすがになかった……

「数は少ないですが、また新たな存在がこちらに向かっています！　数は前方から三、後ろから二です！」

再び《危険察知》に、新しいモンスターの存在を知らせる光点がつく。正体不明の表示だから、まだ直接出会った経験のない存在だ。

数が少ないという事は、量から質に切り替えたか？　このタイミングで出てくるのだから、ただのモンスターではあるまい。

「ふむ、少ないな。焦《じ》れた親玉が顔を出しに来たか？」

砂龍師匠も自分と同意見か。まあ、そんな感じがするよね。接敵まで……多分三分ぐらいか。いや、こちらの殲滅速度を知ったのか、あちらさんの移動速度が速まった。一分弱で接敵するだろう。そういった情報も師匠ズとアクアに伝えておく。

「ふむ、ならばその前にもうひと薙ぎしておこうかの！」

雨龍師匠はそう言うや否や、再び《刀武・水流法》を発動させてミイラ達を押し流しながら切り捨てていく。更に今回は、雨龍師匠自身がその波に乗って突っ込み、より多くのミイラ達を掻っ捌いた。

水が消えていくと雨龍師匠は跳躍し、元いた場所まで戻ってきた。途中で着地せず、一回の跳躍だけで済ませるのはさすがだ。

ミイラ軍団をとにかく薙ぎ倒し続ける事一分と少々、ついに正体不明の存在が顔を出す。

なんだか、ツタンカーメンがかぶっていたとされるあの仮面のグレードをがっくーんと落としたようなものをつけている。他の部分は包帯なので、ミイラの一種なのはおそらく間違いなく、親玉か指揮官に位置する存在だろう。

「！！！　＆＃T＄＆＃＃＄％＄！　＆＆％＄＃！」

何を言っているのか分からない。言語のような法則性もない。だが、何らかの指示を飛ばしたんだろう。まだ残っていたミイラ達がただただ突っ込んでくるのをやめて、距離を取った。が、こっちに向けている戦意は揺らがない。戦闘を中止してくれるという感じではないな。

「＃＄％％＃＄！　％＄＆％＆＃＃！」

仮面をかぶっている上位ミイラのうち、杖を持っている奴が一体だけいたのだが、そいつが何かを叫ぶと、再びミイラ達がこちらに向かって前進を始めた。ただし、ミイラ一体一体が発火しながら、だ。

おいおい、自爆覚悟の特攻か!?　だが、ミイラの歩行速度は全く落ちていないし、よくよく見るとミイラ達の包帯はやや焦げてはいるが勢いよく燃えてもいない。どういう仕組みだ？

「炎か、確かに火を交えた攻撃というものは相手の恐怖を誘いやすいが……な」

そんな事はお構いなしとばかりに、砂龍師匠の刃が燃えながら進んでくるミイラ達を今まで通りに斬り捨てる。

その様子から考えると、どうもミイラの耐久力などが強化されたわけではないようだ……

うーん、こけおどし？　いやそんな事はない、ないのだが。ミイラ達の動きが良くなったわけでもないので、いくら燃え上がりながら大勢で前進してきても、最初に感じた僅かな恐怖心はすぐに自分の中から消え去った。

「この程度か……これぐらいなら、過去に受けた『双龍の試練』のほうがはるかに厳しかった……」

油断はしていないが、しそうになってしまう。なんというか、迫りくる炎に包まれたミイラ達をただただ切り払い続けるだけの作業になりつつある。この感じからして、ゲームシステム的にもプレイヤースキル的にも大した経験になっていない。

「疲労狙いかもしれんの。数だけは次から次へと生み出せるようじゃ」

雨龍師匠の言う通り、仮面をかぶっている上位ミイラはどこからともかくミイラを呼び寄せて炎上させた後、こちらに向かって進ませてくる。まあこちらの殲滅速度が上回っているので、押し潰されるという事はない。

「だが、飽《あ》いたな。これ以上の何かを持っているような感じもせぬ。決めてしまってよいだろう」

砂龍師匠の言葉に、皆が頷いた。

自分は【真同化】を右肩と右ひじに出現させて、そのコントロールをルエットに委託した後に弓を構え直す。流石に二本同時に【真同化】を操りながら狙撃も行うとなると、負担が重いからなぁ。

いつかはそれもルエットに頼らずできるようになりたいが。

(ではこちらは受け持ちますので、マスターは心置きなく敵を狙撃してくださいませ)

近くの敵の対処はこれでよし。【蒼虎の弓】で、一体だけ杖を持っている位が一番高そうなミイラに照準を合わせる。そして撃ち出された矢は狙った通りに着弾し、仮面を貫通してミイラの頭に突き刺さった。文句のつけようのないヘッドショットだろう。

だが、仮面の杖持ちミイラは崩れ落ちない。

「なに？」

つい、そんな声を漏らしてしまった。弱点は頭ではないのか？

ならばと次は心臓部分を狙って——ヒット。これも矢が深々と刺さったのだが……やはり倒れる様子はなく、変わらずミイラ達を呼び寄せている。

「奇妙な話よな？　倒れぬどころか動きが鈍る様子も見せぬ。リッチなる死者の魔物でも、あのような攻撃を受ければそれなりの反応をするものだがの？」

雨龍師匠の言う通りだ。いくらアンデッドでも、頭に攻撃を受ければ即死しないまでもいくらか動きが鈍ったりするものなのだが……活動中は能力が低下しないという種族特性なのか？　いや、それは何かが違うな。

なんというか、射たときの手ごたえがなかった。一射目はともかく、二射目でははっきりと違和感を感じ取れた。これまで戦ってきた経験が、あの敵は何かおかしいと言っている。

（――まさか、あれはただの張りぼてか!? そういえばたまにいるよな。いかにも大将です！って見た目をしているのに実はそいつは影武者で、本物は兵士にまぎれているパターン……）

戦争ものなんかでたまに使われるそんな奇策の一つが頭の中に浮かび上がった直後、自分の視線は、仮面を被ったミイラ達から燃え上がりながら迫ってくるミイラ達に移っていた。そうして注意深く観察すると……いた。前進する振りこそしているが、実は一歩も前に進んでいないミイラが！

「貴様がこの集団を操っている本体か！」

その前進していないミイラの頭に矢を三本、連続で撃ち込んだ。その直後に聞こえてくる断末魔の叫び。

そいつが崩れ落ちるとほぼ同時に、他のミイラ達も一斉に塵となって消え失せていった。

「ふむ、終わったか」

残心していた砂龍師匠が大太刀を鞘に納める。ミイラ達が復活する気配はないから、間違いなく戦いは終わった。

「兵の中に紛れ込む大将を探さねばならぬ、という手合いだったようじゃな。よう見破ったぞ」

雨龍師匠からお褒めの言葉を頂いた。

本も映画もゲームも、それなりの知識にはなっているんだな。こういう手口を知らなければまだまだ戦い続けていただろう。何が役に立つかわからない……

学校で学んだ事が数年後に変なところで生きる場合もあるから、面倒に感じてもやっぱり勉強はしておいたほうがいい。たまに、学校など不要だ！と主張する人がいるけど、自分の考えではその主張は穴だらけだと言わざるを――

「ぴゅい？」

そんな事を考えていたら、頭の上から降りてきて目の前でホバリングしているアクアから、心配そうな鳴き声が。

「あ、ああ。心配しないで、別にどこか痛いわけじゃないよ。ちょっとさっき戦った奴の事を考えていただけ」

そう言いながら、アクアを軽く撫でてあげた。それで安心したのか、再びアクアは自分の頭の上に戻る。ううむ、今の自分はそんな深刻な表情を浮かべていたかな？

「何かおかしいと感じた場合は早めに言うのじゃぞ？　あの手の魔物は、呪いなども得手としておる場合が多いからの」

雨龍師匠の言葉を受けて、呪いと思しき状態異常が起きてはいないかステータスを一応確認。確かに、ミイラって呪いとか得意そうだよなー。

そもそもミイラが立って動くの自体、呪いの力を借りていそうではある。そこらへんってホラーものの小説とかだと、どういう説明がされているんだろうか？

「大丈夫です、ここにいるモンスターもなかなか厄介だなと考えていただけです。呪いなどはかけられていません」

状態異常は厄介だから、かかったらすぐ対処しないと命取りになる。

ただ、毒とか出血とかの持続ダメージ系って、ゲームによって重さが違うよね。命取りになるパターンから、ほっといて構わない、気がつけば消えているってパターンまで様々だ。

逆にどんなゲームでも大体共通してヤバいのが、石化、魅了、混乱、攻撃を受けても目覚めない睡眠とかかかな。

「ここは様々な経験が積める良き場所だな……我ら双龍の試練にも取り入れていくべき点が頻繁に見つかる」

砂龍師匠の目が輝いているような……ま、今は先に進もうか。

20

それからダンジョンを歩き回った自分達は、燃え盛りながら迫ってくるミイラ達の集団とも二回ほど戦った。どういう特性を持っている連中かは分かっているので、一回目よりも倒すまでに時間はかからない。

そしてそれは、地下一四階に下りて最初の分かれ道を右に進み、しばらく歩いたところで見つけた。

「そこで止まってください、罠があります」

ダンジョンお約束のトラップを見つけたので、師匠ズには止まってもらい、自分が前に出て罠を調べ始めたのだが……

(あの罠がこうなってて、奥に進むとこうなって、か。この手の罠が出てきたか)

一通り調べた自分は、師匠達を振り返りながらひと言こう言った。「この階の最初の分かれ道まで引き返しましょう」と。

「む、この先にある罠はそんなに解除が難しいのか？」

砂龍師匠が自分の言葉に少々首をかしげた。うん、近くにある罠の解除は難しくないんだけど……危険なのはその先なんだよね。

「そういった問題じゃないんです。この先に進むとまず、無数の刃が壁や天井、床から奥へと追い立てるように出てくる仕掛けがあります。それらから逃げるために先に進むと、今度は落とし穴が待っています。しかし、その落とし穴は意図的にゆっくりと開く仕様になっているらしく、刃に追い立てられた人達が無意識に奥のほうへと全力疾走するように組み立てられています」

　師匠ズは、ふんふんと頷きながら自分の話を聞いている。

「そうして落とし穴をしのいでほっとした一瞬を見計らって、来た道の上から落とし戸が落ちるようになっています。これで戻るのを封じた後に……左右の壁が徐々に狭まって押し潰してくる仕掛けが起動します。奥の壁は完全な行き止まりになっているのでそれ以上進めず、あとは左右の壁にプレスされて死ぬのを待つばかりとなります。壁が迫ってくる速度はかなり遅く設定されているようなので、長時間恐怖を味わう事になるでしょうね」

　本当に容赦の欠片もないトラップだ。手加減一切なしの最高難度エリアだからこそ、こんなものを用意しているんだろう。一度でも食らったら心が折れるかもしれない、色々な意味で。

「それはまた、たちが悪い事この上ないのう。わらわ達ならば落とし戸を破壊して逃れられるやも知れぬが、普通の者では無理じゃな」

　雨龍師匠の言葉に、自分は頷く。トラップを避けたと思わせておいて更にトラップ、両方回避してほっとしたところに即死トラップとか、ダンジョンものの定番だけど、仕掛けられるほうからしてみたらたまったもんじゃない。

「ピラミッド系統のダンジョンにある罠ってのは厄介なものが多いのですが、その牙を本格的に剥き始めたようです。今後も罠に関しては安全第一でいきますね。引っかかったらそこでお終いなものが、この先どんどん増えてくるでしょうから」

自分の言葉に、師匠ズとアクアも頷いてくれた。罠に引っかかってやられてしまったら修業にならないもんね。

「武だけではどうにもならぬ世界であると理解していたが、まだまだ理解しきれていなかったか。場所が変われば我も青いところがあるという事を知れたのは良かった。罠に関しては、お前のほうが師だな。見破る目、解除する手腕は見事のひと言だ。外を旅する者が、こういった技能を持つ者が必ず仲間にいなければすぐに死ぬと言っていた意味も、体で分かろうというものだ」

引き返す途中、そんな言葉を砂龍師匠から頂いてしまった。少々照れ臭いが、嬉しくもある。しかし浮かれてもいられない。ミミック姉妹の長女が自重《じちょう》を取り払ったレベルの罠は、この先にもっとあるはずだから。

しかし、次の厄介な罠より先に、厄介なモンスターが出てきてしまった。

「師匠、こいつらに飛び道具は効かない！　魔法の類は反射されてしまう！」

地下一五階に現れたミイラ軍団は、炎ではなく氷を身に纏っていた。冷気でこちらの動きを鈍らせようとするだけでなく、その氷の手を鈍器として殴り掛かってくる。

凍結してるのになぜ動けるのかは分からない。しかし実際に動ける以上、そういうものだと割り切って対処しないといけない。今思えば燃え盛るミイラ達は、後から出てくるこういった連中の特性を理解するチュートリアルみたいなもんだったのか。

そして攻撃面以上に厄介なのが、その纏っている氷によって自分の矢がミイラ達に刺さらない事。貫通力が高いアーツや矢も使ったが、全て等しく無力化された。魔法に至っては反射して逆にこっちに襲い掛かってくる始末。つまり、近距離戦闘を強要される。【真同化】も、剣や槍の状態なら攻撃が通るが、ウィップ状態だと問答無用で無力化される。

「ならば斬り捨てるのみじゃな、しっかりとついてくるのじゃぞ？」

今回は雨龍師匠が担当していた後方側に本体がいたので、自分と二人で本体ミイラを目指して切り込む形になった。前方から来るミイラ達は、砂龍師匠が押しとどめてくれるので心配はない。むしろそんな事を気にしていたら怒られる。

「師匠達に面倒を見てもらってるんです、弓に頼ってばかりではないところもお見せします！」

今回は【真同化】を槍状態にして、雨龍師匠と共に凍結ミイラ達を倒していく。槍を選んだのは単純にリーチが長いのと、薙ぎ払えばアーツに頼らず範囲攻撃ができる、といった点を見込んだため。数が多いので、いちいちアーツを撃っていたらすぐにガス欠になってしまう。アーツを使うのは厄介な奴だけ、だ。

「師匠、一一時方向に本体がいます」

「つまりどっちだ？」

「ちょっぴり左側ってことです」

「よく分かった」

——ちょーっと格好をつけた自分の言い方は伝わらなかった。

うん、やっぱりかっこいい指揮官とかそういうのに、自分はなれそうもないね。立派なひげが似合うナイスミドルってのは、下手なイケメンより格好が良いと思うのだが、自分には届かぬ世界なんだろうな。

なんにせよ、集団ミイラの本体を雨龍師匠が細切れにした事によって、他のミイラ達も霧散した。自分が攻撃した際の手ごたえだと結構硬い敵かも、と感じたんだけど、雨龍師匠の前にはそんな事ありませんでした。自分も【真同化】槍バージョンを思いっきり振るったので、いい経験になった。こんなに大勢のモンスターをガシガシ張り倒す経験なんて、そうそうないからな〜。


「むう、ちとマズいかもしれぬ」

地下一六階も越えて、今は地下一七階。数回やってきた凍結ミイラとの戦いを終えた後、雨龍師匠がそう呟いた。

「師匠、何か問題が？」

自分が問いかけると、雨龍師匠は使っていた得物を自分の前に掲げた。

「少々手荒く使い過ぎたかもしれぬ。このままでは、次の休息地までこやつが持ちそうにないのう。無論素手でも戦えるが、あの手の魔物に打撃は効きが悪そうじゃ」

雨龍師匠の使っていた大太刀を見せてもらったが、かなりへたってきていた。無理もない、凍結状態のミイラを大量に斬り裂いてきたんだ。いくら達人が消耗を最小限に抑えるように振るっても、あんな奴らが相手じゃ限界は普段よりも早く来てしまう。

「雨龍、お前のほうもそうか。こちらもかなり太刀がくたびれてきている。持たせられるかは微妙といったところだ」

砂龍師匠もそんな事を言い出したので武器を点検させてもらうと、こちらもやはりかなり消耗してきている。残りの階層は少ないが、確かにこの消耗具合だと最後まで持つかどうかはちょっと微妙だろうな。

「――なら、簡単ながら自分がこの場で手入れをしましょうか？　幸い、まだ刀身に致命的なヒビなどは走っていませんので、自分の腕でもまだ何とかなる範囲です」

補修用の素材も十分に用意してきているから、この場で対応可能だ。

「ただ、携帯式の炉などを取り出して作業するため、自分はしばらくここから動けなくなります。周囲の警戒を師匠達にお願いする事になりますが――」

携帯式といえど、鍛冶道具だからアイテムボックスから出せばそれなりに場所を取るし、片付けるのにも時間がかかる。でも現地で武器のお手入れができるという有用性はデカいので、置いてくるという選択肢はない……調理器具と同じなんだよね、ここらへんは。

「構わん、このまま進むよりはよほどいい。しかし本当に多芸だな、お前は……」

砂龍師匠、あっさり了承。雨龍師匠も続いて了承。では、さっさと修理してしまうか。

……ふむ、師匠達が使っている大太刀って、一品物の激レア品じゃなかったんだな。いい物であるのは確かだけど、今の流通レベルからすると一歩引いたレベルかな……ま、そんな事はどうでもいいか。

大太刀のへたっているところに補修材を鍛冶用ハンマーで伸ばしながら染み込ませるという、「ワンモア」ならではのやり方で修理。ただどうしても音が出るな……ダンジョンの中だと余計に響いてしまうから、モンスターを引き寄せてしまう可能性がかなり高い。こんなカンカンという音、普通はしないので、侵入者がいると教えているようなものだからね。

「雨龍師匠、修理が完了しました。確認お願いします」

まずは雨龍師匠が使っている大太刀の修理が終わったので、数回素振りをして違和感がないか見てもらう。

「うむ、輝きが戻ったな。おかしい感じもせぬ、見事じゃ」

問題なく済んだようだ。もちろん自分でもチェックはしているんだが、使っている本人じゃなきゃ分からない部分ってのもあるからね……

　さて、次は砂龍師匠の大太刀だ。こちらも消耗具合は雨龍師匠と大差ないので、修理方法も大差ない。ただ刃こぼれ気味なところが多いので、少々雨龍師匠の大太刀よりも手間がかかる。

（よし、これで刃こぼれの補修は終了。ゆるんでいた部分も修繕できたな。あとは砂龍師匠次第か）

　問題なく修繕できたはずだが、これも砂龍師匠に握ってもらわないとな。そう思って砂龍師匠を呼んだのだが、呼んでいない連中までもがやってきてしまった。

「来るぞ、またあやつらだ！」

　砂龍師匠の声を受けて、雨龍師匠が戦闘態勢に入り、自分は大急ぎで鍛冶道具をアイテムボックスに収めていく。

　砂龍師匠がこちらに駆け寄ってきたので、修繕が終わった大太刀を渡す。本当なら具合を確かめてもらいたかったのだが、その時間はない。調整が間違っていない事を祈るばかりだ。

　大太刀を受け取った砂龍師匠が、ミイラ軍団に向かって早速攻撃を始める。

「お待たせしました、鍛冶道具の回収が終わりました！　自分もいけます！」

　雨龍師匠の護衛を受けながら、鍛冶道具を無事アイテムボックス内に収め終えた。

　戦い始めてから二分ぐらい経過していたが、さすがは師匠。凍結ミイラ達を相手にしていても全く押されていない。今回は挟み撃ちにされておらず一方向から攻め立ててくるので、師匠ズが前に立ち、自分は【真同化】を槍に変えてその少し後ろに、アクアは最後方で支援に専念する形だ。アクアがデカくなると場所を取っちゃうから、ダンジョン内だと仕方がない。

「愛刀の切れ味が見事に戻った、大したものだな」

戦いの最中、そんな言葉を砂龍師匠から頂いた。どうやら修繕で問題は発生しなかったようだな。下手を打つと耐久力がガタ落ちしたり、使い勝手が悪くなったりするから、適当にやるって事はできない。

それに、完全に落ち着いた環境なんて望めない街の外での修繕は、どうしても成功率が下がる傾向がある。今回は師匠ズの強さを知っているから比較的落ち着いてやれたけど、実力がいまいち分からない野良パーティでやるとなった場合はかなり怖いな。

「いえ、こちらのできる事を精いっぱいやっただけで……見つけました、今回の本体は右側前方にいます！」

自分が見つけるや否や、雨龍師匠が立ちふさがるミイラ達をばっさばっさとなぎ倒し、本体を細切れにして、戦闘は終了した。

「うむ、切れ味が戻ると叩き斬るのも楽しいのう。ここにいる連中は命を感じぬから遠慮もいらぬし、存分に振るえる」

なんて事を言いながら、大太刀を軽く振って刃についた氷の欠片を払ってから納刀する雨龍師匠。砂龍師匠は紙で軽く刃を拭いてから静かに納刀していた。自分は【真同化】を体に引っ込めるだけだから、そういう納刀作法は必要ない。

「武具の能力低下は命に直結しますからね……こういった引き出しがあるとずいぶん違います」

自分の言葉に師匠ズも頷く。

あと三階分下りれば、次の休息場所があるはずだ。もうひと踏ん張りだな。

21

地下一七階を越えて今は地下一八階。しかしまあ、簡単に先に進ませてくれないのがダンジョンっていうやつなわけでして。

「その身に雷光を纏うとは……雨龍よ、直接切りつけるな！　太刀から伝わる電撃でただではすまぬやも知れぬぞ！」

「分かっておる、闘気で触れずに吹き飛ばすまでじゃ！」

ここに来てミイラ軍団の更なるバージョンが姿を見せた。そう、雷光を纏うのである。雷を纏うという事は当然、金属系装備が多い前衛との相性は最悪。かつてあったダンジョンの前衛殺し、後衛殺しが、形を変えてよりえげつなくなったバージョンとも言える。

まあ、師匠ズは金属鎧を着ていないので、影響を受ける金物はそれぞれの愛刀の大太刀だけなのだが……

「ふん！」

「わらわを舐《な》めるでないわ！」

お二人とも大太刀に闘気を纏わせ、それを薙ぐようにして放つ遠距離攻撃で対処している。飛んでいく刃型の闘気は相手を切り裂き、最後には多くのミイラ達を巻き込んで爆殺していく。なので、自分は安心して弓矢による攻撃に徹する事ができる。

だが、雷系のエフェクトは派手なのが多いから、そのせいで動かない本体ミイラの存在が確認しにくい……と思っていたら、突如断末魔の叫びが響き渡り、ミイラ達の崩壊が始まる。

「ふむ、これは……偶然《闘気尖刃《とうきせんじん》》が奴らの司令塔を切り裂いたか吹き飛ばしたか」

砂龍師匠の放った闘気の刃——《闘気尖刃》なるアーツの炸裂したタイミングだったので、倒したのは砂龍師匠で間違いないだろう。『木を隠すには森の中』戦法で来る連中だと、こういう事も十分に起こりえるな。

「助かりました、雷光のせいでなかなか見破るのが大変で……」

弓を下ろしながら、砂龍師匠にそう声をかける。

「炎、氷と来て雷光とはのう。奇天烈《きてれつ》な魔物がほんに多いの、この迷宮は。刺激的で面白いとも言えるがの」

雨龍さんがそんな事を言う。

まー、確かに外ではまず見ないモンスターが色々いるよね、このダンジョン。ただ、それを刺激的と捉えるのはなかなか難しいけど……この雷光を纏うミイラなんて、間違いなく冒険者からは嫌われる類のモンスターだろうからねえ……

「そう言えるのは、師匠が強いからですよ……普通の人が相手にしたら、厄介極まりないですよこいつら」

並のPTなら、感電で前衛が軒並み麻痺させられて動きを封じられたところを、数で押し潰されるんだから。自分も師匠ズが前衛をやってくれるから戦えるわけで、ソロだったら速攻で逃げの一手を打つしかない。魔王様のマントの性能で持久戦は可能だが、戦いの中で奴らの本体を探し当てろとか無茶ぶりもいいところだ。

「仕方あるまい、お前がこの先相手をする奴らは『普通』の連中ではない。ならば訓練を積み、経験を重ねるための相手も『普通』から逸脱した存在でなければ話にならぬ」

砂龍師匠、確かにそうなんですけどね……分かってはいるのですよ。ただどうしてもこう、ボヤきたくなるわけでして。

それにこいつら、スキルレベルを上げるという視点から見ると、途轍もなくマズい相手である事も判明した。

どうも本体以外のダミーはいくら倒そうと、得られるゲームシステム的な経験はゼロっぽいんだよ。おかげでかなり戦っているのにスキルレベルは何一つ上がんない。プレイヤースキル的なレベルは上がっていると思うけど。

「お主だけではない。わらわ達にとっても今まで戦った事のない輩が多いからのう。そういう連中と戦う事は、良い修業になっておるな。そうであろう？　砂龍よ」

雨龍師匠が砂龍師匠にそんな言葉を投げかける。

「うむ、そうだな。この迷宮に入ってから戦った魔物達の中には、初めて出会うものも多い。先程の雷光を纏う魔物も、龍の国では決して出会えぬ異形の者。そのような存在と戦えるこの機会は相当に貴重だ。こういった経験は、必ずどこかで生きる。良い機会を掴ませてもらっている」

砂龍師匠は頷きながらそんな事を口にした。なるほど、師匠ズにとってもここにいるモンスターと戦う事に多大な益があるのは良かった。

「自分も色んな国を回りましたが、このダンジョンの中で出会うモンスターはほとんどが初めて出会う連中です。おそらく、ここじゃないと出会えない存在なのかもしれませんね」

ミイラ系自体はまだしも、そいつらが一人の本体に従って大勢で襲い掛かってくるなんて事は初めてだ。ましてや炎に氷、雷光を身に纏うなんて変異種みたいな奴は初めて見た。どう対処しないといけないのかを考える必要があるから、他のダンジョンよりもはるかに気を遣う。罠も凶悪なのばっかりだしな……ほらまた──

「師匠、止まってください。また厄介な罠のご登場です」

自分の言葉を聞いた師匠ズは頷いて周囲の警戒に移ってくれる。

さてと、罠の解除は自分の仕事──ふむ、なるほどな。この罠が反応する場所を通り過ぎると、小さな竜巻みたいなものが発生。強制的にパーティメンバーを分断した後、巧妙に隠されている落とし戸が上から落ちてきて合流を阻止するって罠か。

ここにいるミイラ軍団を相手に、半分に減らされたパーティメンバーで対処できるか？　そりゃ無理ってものだ。

「師匠、罠の仕組みは分かりました。解除に移りますのでもうしばらく時間を下さい」

「構わぬ。時間をいくらかけてもいいから、確実に頼むぞ」

師匠にも許可を取ったし、早速取り掛かるか。

頭の上にいるアクアを地面に下ろしてから解除開始。この罠は『通過する事』で起動するタイプだから、特定の箇所を踏まないで避けるという対処法が取れない。何も仕掛けは見えないし、煙を焚いてみても赤外線などは出ていない。だが、何かのシステムで感知するようになっているのだろう。悔しいが、そのシステムを暴くだけの腕が今の自分にはない。

（とにかく、今は起動しないようにできればそれでいい。何とかぎりぎりやれる範疇に収まっている罠だって事は感覚で分かるし、焦らず仕事をこなせばいい）

偽装されていた壁の一部を見つけ出して、石に見せかけたカバーを取り外し、そこから罠の内部に視線を移す。

ふむ、どうやら数か所を弄れば機能を停止させる事は可能か。ただ、順番を間違えるとその時点でアウト、だな。罠の解除を試みた者に対するカウンター罠があるから。

（とりあえず、筆でナンバーを書いて……一、二、三、四っと。これで順番を間違うというミスは防げる。カウンター罠は怖いが、必要な仕事を十全にこなせば起動しないようになっている。大丈夫だ）

一度深呼吸をしてから、罠の機能を停止すべく、七つ道具を取り出して作業開始。

一箇所目は歯車の一つを取り外すだけでいいという、難度が一番低い箇所だ。これは問題なくクリア。

二箇所目……とても小さな歯車の歯を削る。これで空回りするようになった。

三箇所目は、罠の中にある分銅のような物の位置を固定する。この分銅が罠の本体と直結していそうなので、慎重に固定。最初の歯車を外し、二番目の小さな歯車を壊しておかないと、この分銅に触れただけで罠が起動してしまう仕組みになっていた。

そして最後の四箇所目、罠と動力源との接続を解除する。ここまでくれば、雑な真似さえしなければ問題はない。【真同化】の先端で接続を丁寧に斬る事で、罠全体の動きが静かに停止した。カウンター罠も起動せず。

ほっとする瞬間だ。難度の高い罠の解除というのはきついものだな。

「罠が停止しました。今のうちに通り過ぎてしまいましょう」

どうせこのダンジョンの事だ、罠を壊したって、一定時間でまた動き出すんだろう。だからさっさと移動してしまうに限る。

「先程の罠はどういうものだったのかのう？　教えてはもらえぬか？」

罠の範囲を抜けると雨龍師匠から質問が飛んできたので、分かった範囲の内容を説明すると「なかなか悪辣な罠じゃの。強制的に同行者を二つに割る仕掛けとは……」と呟いた後、「罠のほうでも、より本気を出してきたようじゃな」と言っていた。

本気で殺しにきているという事は最初から分かっていたが、ここに来てより強くそう感じられるようになったな。この様子だと、地下二一階以降はどうなっているのやら、予想がつかん。

その後、再び現れた紫電を纏うミイラ達との戦いを一回、罠の解除を数回行った後、地下一九階への階段を見つけた。

「次の階層をクリアすれば、ひと息つけるな……」

逆に次の階層で倒れてしまったら、ここまでの苦労の大半がパーになるのだが。

覚悟を決めて地下一九階へと向かう……階段を下りきると、そこには予想外の部屋が広がっていた。迷宮ではなくだだっ広い大部屋。

その部屋の中央には、寝ていると思われるでっかいドラゴンが一匹いるのみ。クリスタルのようなその体はきらきらと光を反射していて、とても奇麗である。

と、そんな感想を抱いていると、ドラゴンは目を覚ましてこちらに目を向けてきた。

「ほう、久しぶりの来客か。このような所までよく来たな……ここまでの道はなかなか大変だっただろう」

そのドラゴンの声に、敵意は感じられない。うーん、戦う展開ではないのか？

「ふむ、三人か。ならば地下二〇階への道を開こう。ただし、二一階への道は開かれておらぬ。万が一行きたいと言うのであれば、出直してもらうしかない。それがダンジョンの主が決定した事なのでな」

そうクリスタルドラゴンが言い終わると同時に、部屋の隅に階段が現れたようだ。あそこを下りれば二〇階へと行けるわけか？　なんだか、あっさりしすぎているような……これも罠か？　しかし、開かれた階段から罠の匂いはしない。

「すみません、いくつか質問してもよろしいでしょうか？」

さすがに訳が分からない点が多すぎる。聞く事ができるのであれば聞いておきたい。

「構わぬぞ、龍神と共に歩む変わった人族よ」

んな、師匠ズの正体を見抜いてるのか……ただの門番ってわけじゃなさそうだ。

まあ、構わないというのであれば、気になった事をガンガン聞いてみるまでだ。

「まずは一つ目、なぜいきなり階段を開けてくださったのでしょうか？　あなたはここを護る守護者なのではありませんか？」

この点を最初に聞いておきたかった。ここまでよく来たな、我を倒せば先に進めるぞ、という展開に持っていくのが、こんな場所にいる存在のとる行動としては一般的ではないだろうか？

「それは、お主の一行が条件を満たしておらぬからだな。その条件とは、六名のＰＴを組んでこの地下一九階まで誰一人欠けずに辿り着く事だ。お主達は最初から三人しかおらぬからな、最初から条件を満たしておらぬ。望むなら、次は六人のＰＴを組んでここまで来るがよい。そのときは儂が戦う事になるだろう、審査員としてな」

審査員として？　門番じゃないのか？

そんな自分の疑問を表情から読み取ったのかもしれない。クリスタルドラゴンは再び口を開く。

「地下二一階以降は、一種の冥界とでも言うべきか。ダンジョンマスターの部屋に辿り着く事を全力で阻止すべく動く、様々な危険すぎる存在がうろついておる世界が広がっておるのだ。また、ここまでは力尽きても出口に戻されるが……地下二一階以降はその決まりが捻じ曲げられておってな。死ぬ事だけはないが、一生治らぬ後遺症が帰還者の体に植えつけられる可能性がある。そういった事もあってな、遊び半分で立ち入るには危険すぎる領域なのだ。ダンジョンマスターもそれを狙ったわけではないが、そうなってしまったと言っておったよ。故に儂をここに置いたのじゃ。どうしても先に進みたがる連中の、最後の確認役と審査役としてな」

「その領域はここの主でも解除できぬのかえ？」

今度は雨龍師匠がクリスタルドラゴンに問いかける。その答えは——

「できない事はないそうだ。ただし、それと同時にこのダンジョンの力尽きても死なないという決まりも解除されてしまうそうだ。作っているときこそ好きに設定ができたが、ここまで大勢の命が出入りを繰り返しているうちにダンジョンの一部概念の固定化が行われたらしく、下手にいじれなくなった部分もある、と。これ以上の事は儂も知らぬ」

このダンジョンの特徴である『ワンモア世界の住人であっても、力尽きても死ぬ事なく出口に戻される』という現象のしわ寄せみたいなものなのかもしれないな。色んな『死ぬはずだった』出来事が集まってしまったとしたら、確かに冥界みたいな事になるかもしれない。

ダンジョン内限定といえど『死』に関する事を捻じ曲げた結果、ダンジョンマスターでもおいそれと弄れないブラックボックス化が起きてしまっていると考えればよいのかね？

「参考までにだが、そこでうろついている存在の強さはどのようなものか？」

次は砂龍師匠からの質問が飛んだ。

「ううむ、おおよその見立てとなるが……弱い代の魔王、もしくは弱い龍神。それに匹敵するほどの強さを持った存在が最低でも八体おる。生半可な人間が対峙すれば、瞬《まばた》きするぐらいの時間で灰と化す奴らだな。そいつらは地下二一階から二九階を出ようとはせぬ故、こちらが立ち入らねば永久に出会う事はない。更にそやつらの周囲には、たやすくは朽《く》ちぬ部下も無数におる。単独で挑めば、龍神といえど不覚をとるやも知れぬ」

おいおい、魔王級や龍神級が普通にダンジョンモンスターとして存在しているって⁉　さすがにそんな連中と戦うのは分が悪すぎるぞ、難易度的にもインフレどころの話じゃない。最強メンバー……そうだな、グラッドのPTメンバーの六人なら戦えるかもしれないが、「ワンモア」にいる九九％のプレイヤーが戦いにすらならないんじゃなかろうか？

「生半可な覚悟じゃ、挑んでも後悔する時間すらないかもしれませんね」

死なないから大丈夫と思って入って、両足が動かなくなったとか、手が消えてしまうとかってなってしまったら、後悔どころの話じゃないな。

「うむ、儂相手に余裕を持って勝てぬようであれば、地下二一階以降の戦いには耐えられぬ」

自分の言葉に、クリスタルドラゴンは頷く。

「それと龍神よ、そろそろこやつを休ませてやったほうがよいぞ？　戦いに明け暮れた事で、本人も自覚できぬ疲労が溜まってきておる。しばらく戦いから離して休ませてやったほうが、今までの戦いが体に染み込むのではないか？」

クリスタルドラゴンの口から、そんな言葉が飛び出した。

え、そんな事がこの「ワンモア」の世界にはありうるのか？　そう思って師匠ズのほうに視線を向けると、二人は頷いていた。

「うむ、そろそろ頃合いだと思っておった。この後はエルフの領域にでも出向いて、しばらくのんびりとさせるつもりじゃったよ。ここで十分に体を苛《いじ》め抜いたからの」

と雨龍師匠。

どうも、クリスタルドラゴンや雨龍師匠が言っている事は、スキルレベルとは別の何かを指している可能性が高いな。

うーん、スポーツとかではトレーニングを一日さぼると取り返すのに三日かかるそうなんだが、そういうのともまた別の話なのかもしれない。

「うむ、これ以上先に進む理由もなさそうだ。この迷宮は今日で終いだ。この後は、雨龍の言う通りエルフの領域でしばらくお前の心身を癒すとしよう」

砂龍師匠の締めの言葉で、この先の行動が決定か。

まあ、こっちの世界の仕組みは、こっちの世界に生きている人に従ったほうがいい。それに師匠達は自分を強くしてくれているんだから、その師匠が休めと言うなら休む事が一番良い道のはずだ。自分で何も考えないわけではないが、反論する理由もないからね。

「うむ、進む理由がないのであれば進まぬほうがよい。あんな冥界のような世界に足を踏み入れたがるのは、よほど戦いに飢《う》えた者ぐらいだろう。宝の一つもない、戦い続けるしかない死地だからな」

なんとなく、クリスタルドラゴンもほっとした雰囲気を出している気がするな。彼にとっても、できる限り進んでほしくない場所ってわけか。

「それでは、失礼します」

自分が頭を下げながら別れを告げると、クリスタルドラゴンも「うむ、達者でな」と返してくれた。

そうして開かれている地下二〇階への階段を下りると……そこにはチェアがいくつかと、申し訳程度の鍛冶場、裁縫場、そしてキッチンだけの、広さだけはある殺風景な部屋が広がっていた。

店らしきものは……一応あるが、シャッターもどきが下りていて、静まり返っている。

部屋の中央にあった記録装置に触れて、一応はこの部屋にいつでも来られるようにしておくが……多分意味はないだろう。この先へと進む理由が見いだせない。

「では今日は、このまま街に帰って就寝。後日エルフ領に向かうという事でよいのですか？」

師匠ズに確認すると、肯定の頷きが返ってくる。

なのでさっさとダンジョンから脱出、宿屋へと帰還した。

今回のダンジョンはキツかったな……確かに、ここいらでのんびりする時間があったほうがいいかもしれない。

エルフ領に行ったら、ルイ師匠に挨拶した後、のんびりと森林浴でもできる所を教えてもらおうかねえ。

☆著しく湾曲した小型カイトシールド（実質ヒーターシールド）
☆周囲には5ヶの補強パーツがついている。
発射時にはこのパーツの3つがスライドし、盾下部から砲身が姿を現す。

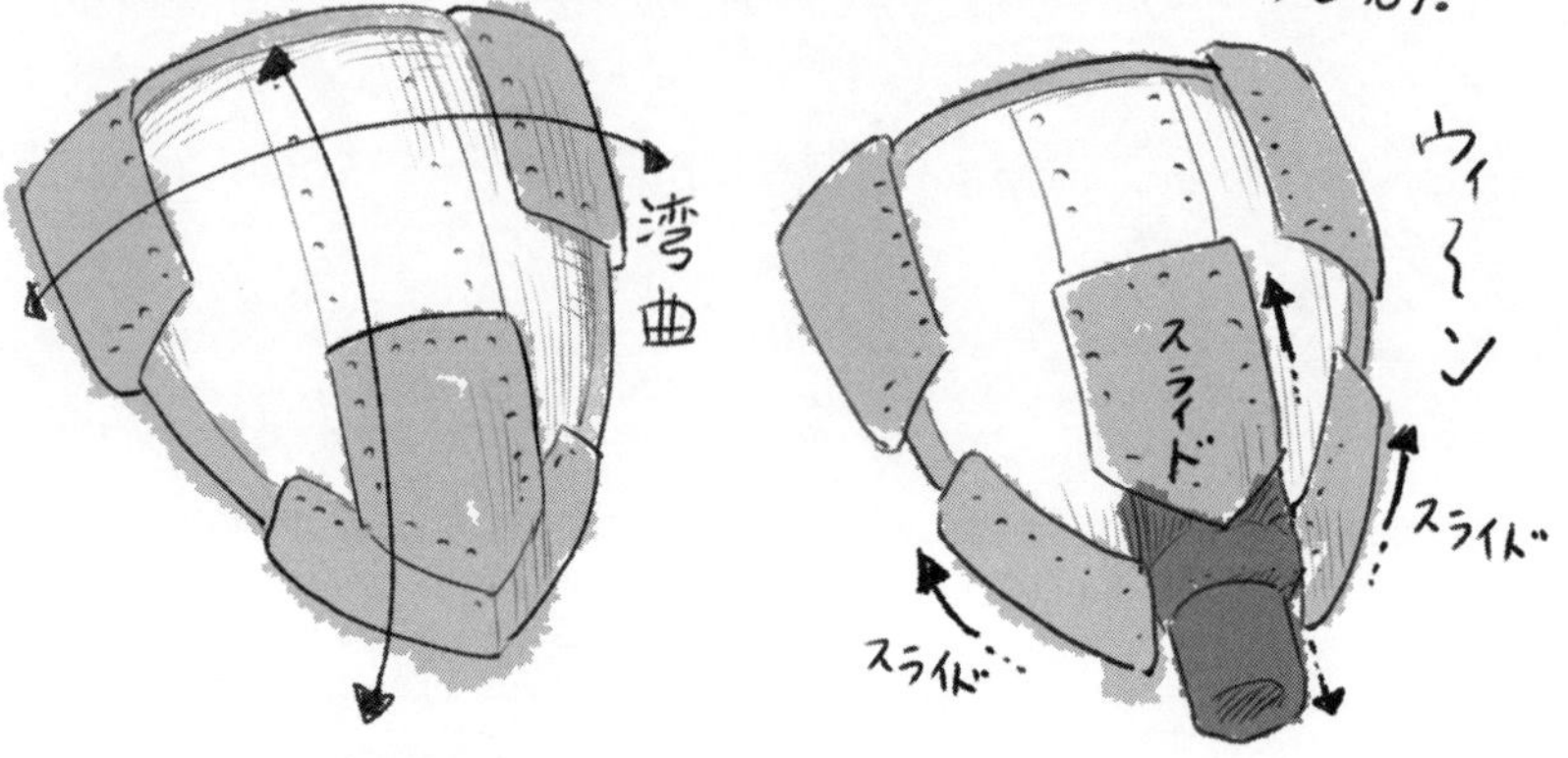

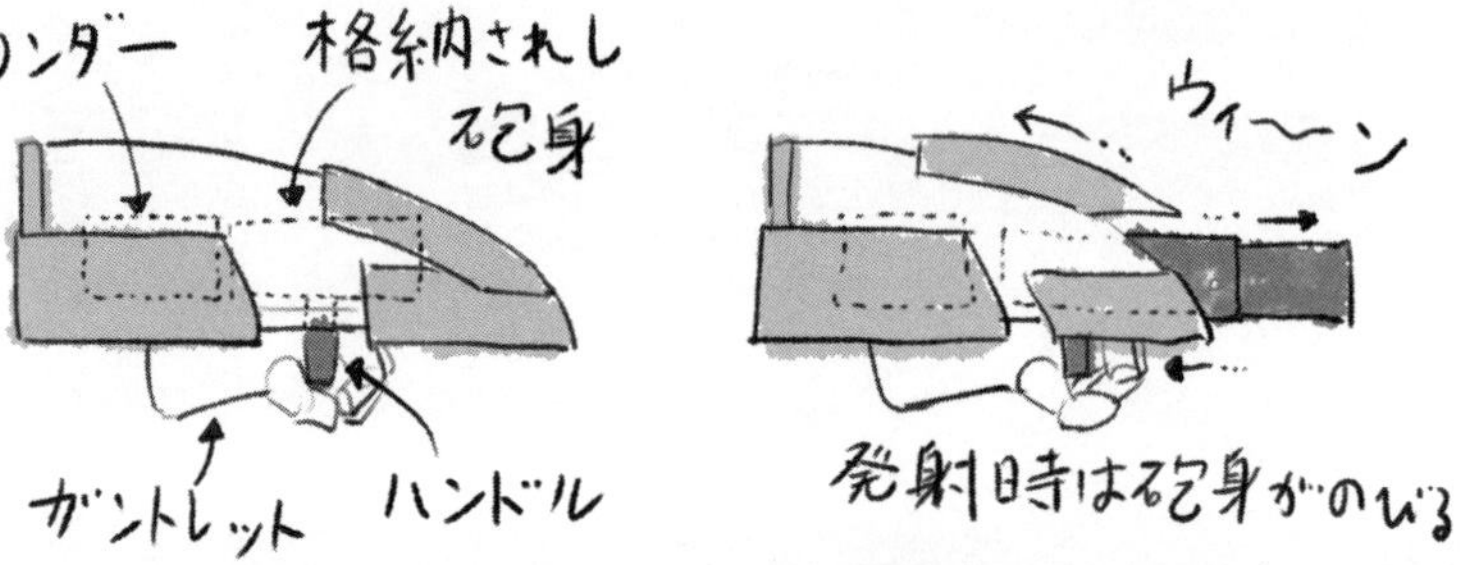

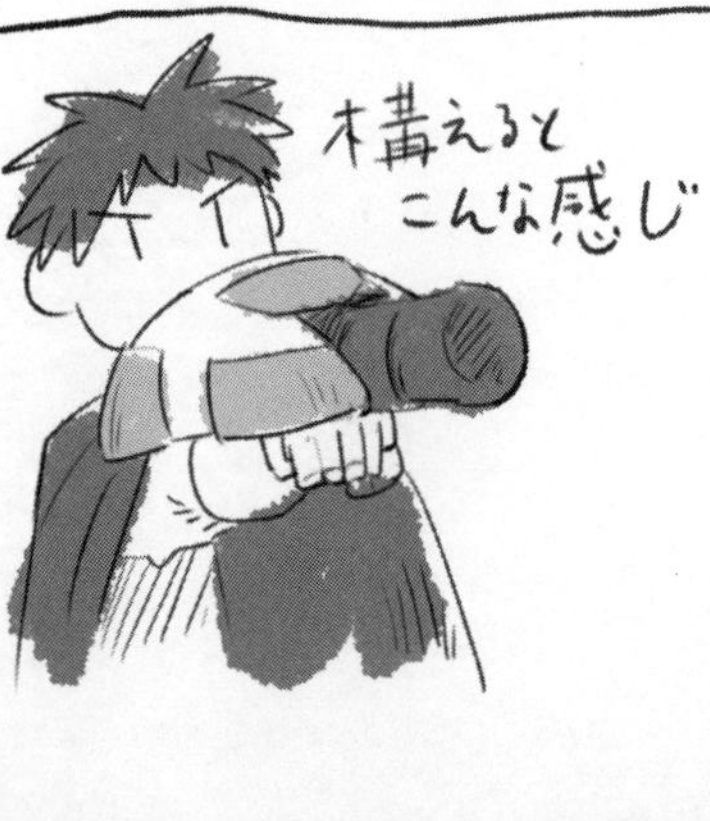

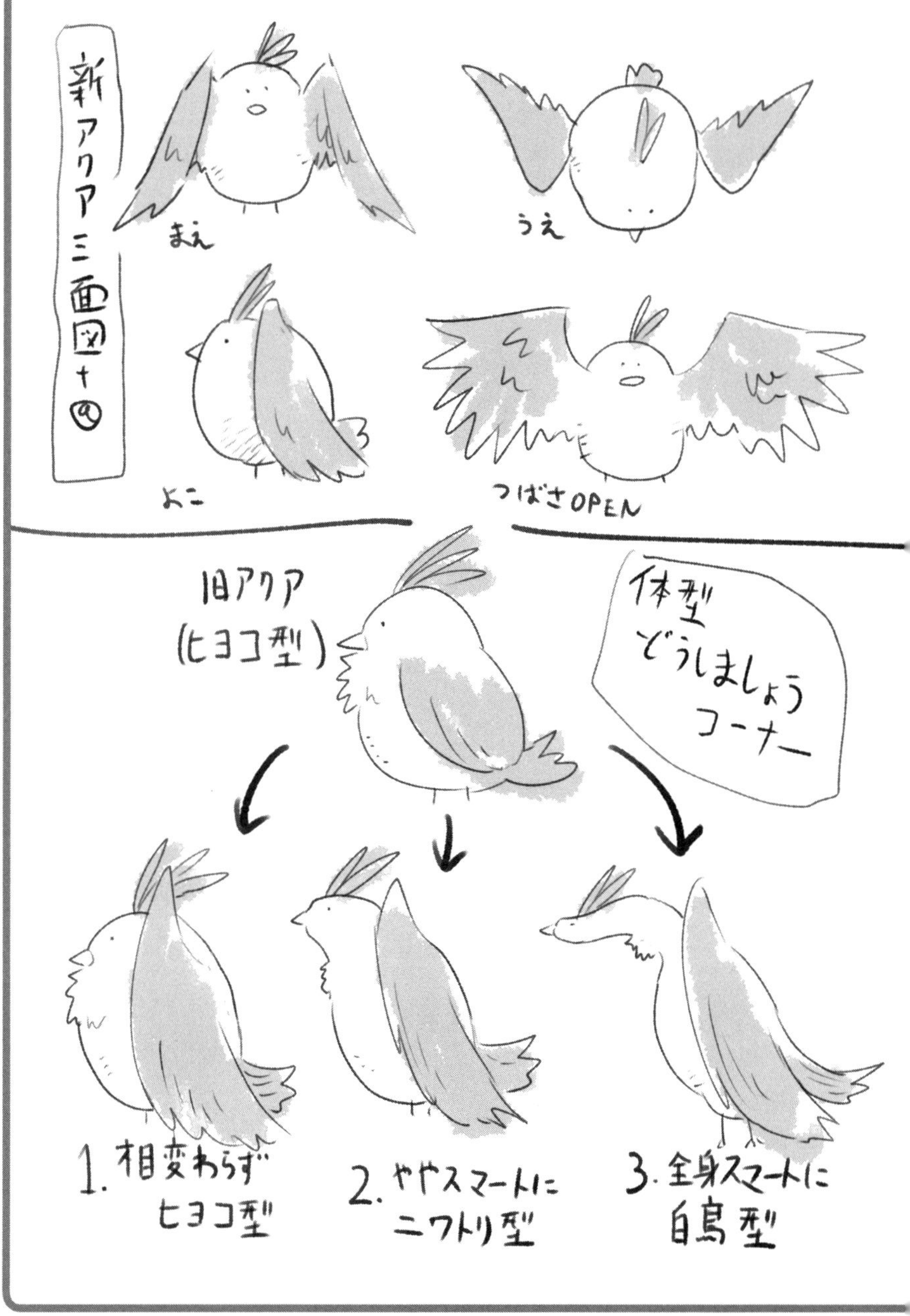
新アクア三面図+α
まえ
うえ
よこ
つばさOPEN
旧アクア
(ヒヨコ型)
体型どうしましょうコーナー
1. 相変わらずヒヨコ型
2. ややスマートにニワトリ型
3. 全身スマートに白鳥型

生産系VRMMOファンタジー発売中！
とあるおっさんのVRMMO活動記
1~8
原作：椎名ほわほわ
漫画：六堂秀哉
累計127万部突破!!
(電子含む)
現実《リアル》じゃ冴えないおっさんが
料理生産から冒険まで
VRMMOで大活躍!!
冒険に興じるもよし、独自の料理や武器を作るもよし、超自由度を誇るVRMMO「ワンモア・フリーライフ・オンライン」。この世界で38歳、独身の会社員・田中大地《たなかだいち》が選んだのは不遇スキルを極める地味プレイ。最初は苦労していたが上達と共に不遇スキルが驚異の力を発揮して…!
とあるおっさんのVRMMO活動記
8
侵略国家の野望を仲間と打ち砕け！
◉B6判 ◉各定価:本体680円+税
Webにて好評連載中！
アルファポリス 漫画
検索

万能ケミストの超錬成ファンタジー、堂々開幕!

超ブラックギルドで日夜働かされていた錬金術師《アルケミスト》の青年ハンス。彼はギルド長の横暴に耐えられなくなり、ある日ついにギルドを辞めて飛び出してしまう。その時、ハンスに突然前世の記憶が蘇る。彼の前世はなんと、日本のブラック企業で過労死した化学者《ケミスト》だったのだ。化学者《ケミスト》と錬金術師《アルケミスト》……異なる職業だが実は共通点が多い。前世の記憶を活用すれば、高品質のアイテムを錬成できるのではないか?　そう考えたハンスは自分でギルドを立ち上げ、ダンジョンの探索者を相手に商売を始める。ハンスの錬成品は瞬く間に人気となり、やがて彼は街一番のギルドマスターとまで評されるようになる——!

◉定価:本体1200円+税　◉ISBN 978-4-434-28657-5

◉Illustration:カラスロ

God came to apologize because I had a hard time in the past lite

前世で辛い思いをしたので、神様が謝罪に来ました 1・2

初昔茶ノ介 Chanosuke Hatsumukashi

全属性カンスト魔法
スキル作り放題
女神さまがくれた猫

てんこ盛りなお詫びチートで
不可能ゼロの
天才少女に!?

辛い出来事ばかりの人生を送った挙句、落雷で死んでしまったOL・サキ。ところが「不幸だらけの人生は間違いだった」と神様に謝罪され、幼女として異世界転生することに! サキはお詫びにもらった全属性の魔法で自由自在にスキルを生み出し、森でまったり引きこもりライフを満喫する。そんなある日、偶然魔物から助けた人間に公爵家だと名乗られ、養子にならないかと誘われてしまい……!?

●各定価:本体1200円+税 ●Illustration:花染なぎさ

魔法学園の課外授業
森に隠されたヒントを集めて謎解きゲーム!?
もふもふ従魔たちと
水の都を探索します!

転生幼女のハートフル異世界ファンタジー、第2弾!